川端康成
かわばたやすなり
一八九九年六月十四日—一九七二年四月十六日

川端康成

经典作品

伊豆舞女

【日】川端康成 著

高慧勤 译

新世界出版社

图书在版编目（CIP）数据

伊豆舞女 /（日）川端康成著；高慧勤译 . -- 北京：新世界出版社，2024.3
（川端康成经典作品）
ISBN 978-7-5104-7623-5

Ⅰ . ①伊… Ⅱ . ①川… ②高… Ⅲ . ①短篇小说－日本－现代②中篇小说－日本－现代 Ⅳ . ① I313.45

中国版本图书馆 CIP 数据核字 (2022) 第 222182 号

川端康成经典作品

伊豆舞女

作　　者：[日] 川端康成
译　　者：高慧勤
责任编辑：陈　超
装帧设计：高　瓦
内封绘制：王　敏
内文制版：北京维诺传媒文化有限公司
责任校对：宣　慧　张杰楠
责任印制：王宝根
出　　版：新世界出版社
网　　址：http://www.nwp.com.cn
社　　址：北京西城区百万庄大街 24 号 (100037)
发 行 部：(010)6899 5968（电话）(010)6899 0635（电话）
总 编 室：(010)6899 5424（电话）(010)6832 6679（传真）
版 权 部：+8610 6899 6306（电话）nwpcd@sina.com（电邮）
印　　刷：小森印刷（北京）有限公司
经　　销：新华书店
开　　本：880mm × 1230mm　1/32　　尺　　寸：145mm × 210mm
字　　数：140 千字　　印　　张：6.25
版　　次：2024 年 3 月第 1 版　2024 年 3 月第 1 次印刷
书　　号：ISBN 978-7-5104-7623-5
定　　价：48.00 元

代序
はじめに

川端康成，这位首次为日本摘取诺贝尔文学奖桂冠的作家，对于中国读者来说，并不陌生。十多年来，他的不少作品，国内已相继译介进来，如《伊豆舞女》《雪国》《古都》《花的圆舞曲》等。川端康成所构筑的艺术世界，意蕴是那么深幽，情调是那么缠绵，笔致又那么灵动，不仅征服了欧美读者,也倾倒了相当多的中国读者。那么,川端作品的魅力究竟何在？[1]

展读川端的作品，有时好似在欣赏意境朦胧的印象派绘画；但进一步吟味之下，又会发现，他构筑的艺术殿堂，纯然是一幅幅忧伤的浮世绘。

在早年的《文学自叙传》中，川端曾说过："我虽然接受西方文学的洗礼，自己也曾试着模仿，但骨子里我是个东方人，十五年来从未迷失过这个方向。"而浮世绘，在19世纪法国自然主义作家和印象派画家看来，正是最能代表日本情趣、体现日本之美的艺术。川端康成创作伊始，便显示出同传统文学的深厚渊源。

第二次世界大战后，川端康成着意于从民族的历史和文化中寻找自己的归宿，为发扬日本的传统美不遗余力。他在作品中，常写到雪国山村、枫树红叶、尼庵古刹、名胜古迹等传统题材，予以美的表现，从而唤起读者的审美情绪和对传统文化的依恋。从他的成名作《伊豆舞女》、获奖的《雪国》，直到晚年的《山之声》《古都》《美丽与悲哀》等一系列作品，无不体现出日本美的情致。这些风物和民俗，在川端的笔下，已不仅仅是小

1 本文节选自《川端赏析》，译者发表于《博览群书》1995年第11期。

说的场景，本身就构成了艺术形象。川端正是以真挚的爱和竭诚的心，表现了日本的自然美和传统美。

说川端康成的文学仿佛是忧伤的浮世绘，还不尽然。因为他在展现日本的审美情趣时，分明又透露出浓重的现代气息。

他找到了一种新的感觉方式——新感觉主义！在《新进作家的新倾向解说》等一系列文章中，川端康成阐明了他本人以及这一派的文艺主张和创作方法。所强调的重心，便是新的感觉。他申明，“表现即内容，艺术即表现”，因为，没有表现，无以了解作家所要表达的内容；但是，如果没有新的感觉，便不可能有新的表现，从而也就没有新的内容和新的文艺。“新酒不宜装入旧酒囊”，而新的感觉，在表现手法上，自应和以往有所不同。

在半个世纪的艺术实践中，川端康成不断砥砺自己的艺术感觉，给传统注入了新的生命，同时也使外来的技巧，找到了生根的土壤。他纳外来于传统，融传统于现代，从而形成自己独特的艺术风格：纤细的心理刻画，缠绵的意境渲染，自由灵动的联想，快速跳跃的节奏，意在言外的象征，简约含蓄的语言。

不过有一点要提及的是，川端康成身世的不幸，对他风格的形成，是不可忽视的一个重要因素。19世纪的最后一年，川端出生在大阪一个医生家庭，幼失怙恃，由外祖父母抚养，到16岁那年，外祖父母以及平生只见过一面的姐姐也先后亡故，只剩下他孑然一身。亲人的死别，以及早年失恋的伤痛，使他变得多愁善感，养成一种内向的性格，形成悲观虚无的思想。所以，川端的小说里，经常触及死亡这一主题；他所描写的爱情，总是不那么圆满，带着人生孤寂之感。他的抒情风格，总的来说，是哀婉，是悲凉。

在川端的文艺美学里，具有浓重的唯美倾向。这种艺术高于人生的观点，不仅是他的主张，也是他创作的准则，贯穿于他的全部创作之中。

伊豆舞女

いずのおどりこ

一

山路变成了羊肠小道，眼看就到天城岭了。这时，雨脚紧追着我，从山麓迅猛而至，将茂密的杉林点染得白茫茫一片。

那一年，我二十岁，戴一顶高等学校的学生帽，穿着蓝地碎白花的上衣和裙裤，肩上背着书包。独自在伊豆旅行，已经第四天了。在修善寺温泉过了一夜，在汤岛温泉住了两宿，然后，便穿着高齿木屐上了天城山。我虽然迷恋那秋色斑斓的层峦叠嶂、原始森林和深幽溪谷，可是，一个期望却使我心头怦怦直跳，匆匆地赶路。这时，豆大的雨点开始打在身上。我跑着爬上曲折陡峭的山坡。好不容易奔到岭上北口的茶馆，舒了口气，却在门前怔住了。真是天遂人愿，那伙江湖艺人正在里面歇脚。

舞女见我呆立不动，随即让出自己的坐垫，翻过来放在旁边。

我只"啊……"了一声，便坐到上面。因为爬山的喘息和慌乱，连句"谢谢"都哽在喉咙里没说出来。

我与舞女相对而坐，挨得又近，就慌忙从衣袖里掏出香烟。舞女又把女伴面前的烟缸挪到我身旁。我仍旧没有做声。

舞女看上去像有十七岁了。梳了一个大发髻，古色古香，挺特别，我也叫不出名堂。这发型使那张端庄的鹅蛋脸，愈发显得娇小，但很相称，十分秀丽。仿佛旧小说里的绣像少女，云髻画得格外蓬松丰美。舞女的同伴里，有个四十岁的妇女，两个年轻姑娘，还有一个二十五六的男子，穿了一件印有“长冈温泉旅馆”字样的号衣。

此前，舞女一行我曾见过两次。头一次是我来汤岛的路上，他们去修善寺，在汤川桥附近相遇。当时有三个年轻姑娘，舞女提着大鼓。我不时回头张望，萌生了一股天涯羁旅的情怀。后来一次，是到汤岛的第二天晚上，他们来旅馆卖艺。我坐在楼梯中间，聚精会神，看舞女在门口地板上起舞。心想，他们那天在修善寺，今晚在汤岛，明天大概要翻过天城山，南下去汤野温泉吧？天城山路五十多里，准能追得上。就这样，我一路胡思乱想，急匆匆地赶来。为了躲雨，居然在茶馆里不期而遇，不免有些张皇失措。

过一会儿，茶馆老太婆把我让进另一间屋。屋子似乎平时不用，没装拉门。朝下望去，山谷清幽，深不见底。我皮肤起了鸡皮疙瘩，牙齿咯咯作响，浑身打起战来。就对端茶来的老太婆说：“好冷啊！”

“哎哟，敢情少爷身上都淋湿了！快到这边烤烤火吧，把衣裳烤干。”说着，便殷勤地把我领到自家的起居室里。

那屋里生着地炉，一开拉门，热气就扑面而来。我站在门槛上有些迟疑。因炉边有个盘腿坐着的老人，浑身又青又肿，好似溺死的人。一双眼睛连瞳孔都黄得像烂了一样，恹恹无力地望着我。身边的旧信旧纸袋堆积成山，不妨说他人已埋在废纸堆里了。我站在门口，只管怔怔地瞧着这个山中怪物，简直不像是个活人。

“真是丢人现眼，让您见笑……是我老伴，不用担心。虽然怪寒碜的，可他动弹不了，请将就些吧。”老太婆抱歉地说。

据她讲，老人已中风多年，全身瘫痪。那堆纸是各地寄来的信，介绍治中风的方子，以及按方抓药，各地寄药的纸袋。只要是治中风的方子，不管是听翻山越岭的过往旅客说的，还是看报上广告登的，他都一个不漏，各地打听，到处求购。这些信和纸袋，老人一件也不扔，全摆在身边，日相厮守。经年累月，废纸就堆积成山了。

听她这番话，我无言以答，只是在地炉边上俯首烤火。汽车越过山岭，震得房子直颤。这山上，秋天就这么冷，不久便要盖满白雪，这老人为什么不下山呢？我心里寻思着。我衣服上水汽蒸腾，炉火烤得人头昏脑涨。老太婆到店面去同女艺人她们聊天去了。

“是吗？上回带来的小丫头都这么大了？长成了大闺女，你也得济了。出挑得这么俊！真是女大十八变呀。”

差不多一小时的光景，听动静，那伙艺人像似动身了。我也坐不住了，心里只是干着急，却没勇气站起来。尽管她们一向跋涉惯了，可终究是女人家，我即便落后个两三里，跑上一阵也能追上。心里虽然这样盘算，坐在炉边，却好比热锅上的蚂蚁。不过，舞女她们一旦离开，我反倒没了拘束，竟空想联翩起来。老太婆把他们送走后，我问道：

“那些艺人，今晚住在什么地方呢？”

“那种人，谁知道他们住哪儿呀，少爷！还不是哪儿有客人就住哪儿！哪儿有什么今晚可投奔的去处呢。”

老太婆的口吻甚是轻侮，引得我竟转出这种念头来：既然如此，今晚就叫舞女在我屋里过夜吧。

雨势渐小，峰峦渐明。老太婆虽一再挽留，说是再待上十分钟，就会雨过天晴。可我再也坐不住了。

“老大爷，您多保重啊。天要冷起来了。”我由衷地说道，然后站了起来。老人吃力地动了动发黄的眼珠，微微点了点头。

“少爷！少爷！”老太婆边喊边追出来，“您这么破费，真过意不去呀，太对不住您了。”

于是，抱住我的书包不肯撒手。我几经辞谢，她都不听，说要送我到前边。颠颠儿地跟在后面，走出一百来米，一再念叨那两句话。

“实在不好意思。太怠慢了。我会记住您的模样儿。下次路过再谢您吧。下次可一定要来啊。我绝不会忘记您的。”

我只是留下一枚五角银币罢了，她竟大出意外，感激得老泪都快流出来了。我一心想快些追上舞女，而老太婆步履蹒跚，反而误事。终于来到岭上的隧道口。

“谢谢了。老大爷一人在家，请回吧。”见我这样说，老太婆这才放开书包。

走进昏暗的隧道，冰凉的水珠吧嗒吧嗒地滴落下来。前面，有一点小小的亮光，是去往南伊豆的出口。

二

一出隧道口，山路的一侧便竖着一道白漆栏杆，像闪电那样蜿蜒曲折。放眼望去，山脚下好似一个模型，看得见艺人们的身影。走了不到两里路，我追上他们。但又不好马上放慢脚步，便故作冷淡，越过那几个女人。而那男子，一个人走在前面二十来米外，见到我便停下了脚步。

“您脚力真不赖呀……恰好天晴了。”

我松了口气，与他并肩走了起来。他接二连三地向我问这问那。几个女的见我们攀谈，便啪嗒啪嗒从后面跑上前来。

他背着一个大柳条包。四十岁的女人抱着小狗。两个姑娘，大的背着包袱，小的背着柳条包，每人都拿着挺大的行李。舞女则背着大鼓和鼓架。四十岁的女人也渐渐同我搭起话来。

“是高等学校的学生呢。”大姑娘跟舞女悄悄说道。

我一回头，舞女正笑盈盈地说：

“就是嘛！这我也看得出来。学生也到岛上来的呀。”

他们一行是大岛波浮港的人。说是春天离开岛上之后，一直四处卖艺，眼看天气转冷，又没有做过冬的准备，所以，打算在下田待上十来天，然后再从伊东温泉回到岛上。一听说大岛，我更感到有种诗意，便又端详起舞女那头秀发，向他们打听大岛的种种情况。

“来游泳的学生很多，对吧？”舞女对女伴说。

“是在夏天吧？”我回头问道。

舞女慌忙小声回答：“冬天也来……”

“冬天也来？”

舞女仍旧看着女伴吃吃地笑。

“冬天也能游泳吗？”我又问了一句，舞女脸上飞红，神情极其认真，微微点了点头。

“真是傻丫头。”四十岁的女人笑道。

去汤野要沿着河津川的溪谷往下走二十多里。一翻过山，连山峦和天色都是一派南国气象。我和那男子不停地交谈，已经十分稔熟了。过了荻乘、梨本这些小村庄，山麓下，便展现出汤野的草屋顶。这时，我打定主意，说要同他们一起去下田玩。他非常高兴。

到了汤野的小客店前，四十岁的女人露出告别的样子，那男子代我说道：

“他说，要跟咱们搭个伴儿呢。”

“那可不敢当。不过，‘出外靠旅伴，处世讲人情’。就算我们这种下贱的人，也能给您解解闷儿。就请上来歇歇脚吧。”她不在意地答道。姑娘们一齐望着我，并没有大惊小怪，只是一声不响，有点忸怩。

我和他们一起上了客栈的二楼，放下行李。席子和隔扇又旧又脏。舞女从楼下端来了茶水。在我面前刚坐下，就羞红了脸，哆嗦着手，茶杯差点从茶托上滑下来，她就势放到席子上，茶水全洒了出来。见她那不胜娇羞的样子，我一下愣住了。

“哎哟，好丢人！这丫头懂得害羞了。啧啧……”四十岁的女人显得十分惊讶，蹙起眉头，把手巾扔了过去。舞女拾起来，拘谨地擦着席子。

这意外的话，使我猛醒。在山上被老太婆挑起的妄念，扑哧一下，断了。

这工夫，四十岁的女人眼睛不住地打量我，忽然说道：

“您这件蓝地碎白花的衣裳真不错呢。”还盯住身旁的姑娘一再问：

“他这件碎白花的花纹，跟民次那件一样哩。你说，是不是？花纹一不一样？”然后对我说道：

“我有个上学的孩子留在老家，这会儿想起那孩子来了。少爷穿的，跟他的那件碎白花的一色一样。近来蓝地碎白花布贵得很，真要命。”

“他上什么学校？”

“普小五年级。”

“噢，都上五年级了，那……”

“上的还是甲府的学校呐。我们一直住在大岛，老家可是甲斐的甲府。”

歇了一个来小时，那男子把我领到一家温泉旅馆。本来，我只想能和他们同住一家小客店里。我们沿着街道，朝下走了一百来米的石子路和石台阶，跨过河畔公共浴场的小桥。桥对面便是家温泉旅馆。

我在旅馆的室内温泉洗澡，随后那男子也进来了。他说，他快二十四了，妻子怀过两次孕，一次流产，一次早产，两个孩子都死了。见他穿着长冈温泉的号衣，起先以为他是长冈人。从长相和谈吐来看，也挺有见识。所以我曾猜想，他或者是好事，或者是迷上了卖艺的姑娘，才给她们背行李一路跟了来。

洗完澡，立刻吃午饭。早晨八点离开的汤岛，这时已快三点了。

临走，他在院子里仰头望着我，与我告别。

“拿这个买些柿子吃吧。从楼上扔下去，失礼啦。”说着，我把包好的钱扔下去。他推谢，想走掉，见纸包落在院子里，便踅回来捡了起来。

“这么着可不行。”说着便抛了上来，落在茅屋顶上。我又扔了一次，他才拿走。

黄昏时分，大雨倾盆。群山已分不出远近，茫茫苍苍一片白。前面的小河，眼看变得又黄又浑，水声喧腾。这么大的雨，舞女她们恐怕是不会来卖艺了。我心里尽管这样想，却仍是坐立不安，就几次三番地去洗澡。屋里半明不暗的。与隔壁相邻的隔扇上面，开了一个方洞，电灯就吊在横梁上，两室共用一盏灯。

“咚，咚，咚咚……”暴雨声中，远处隐约响起了鼓声。我打开挡雨板，那劲头都能把门抓破，我探出身去。鼓声越来越近了。风雨吹打着我的头。我闭上眼睛，侧耳凝听，想弄清鼓声究竟来自何处，又如何传到这里。少顷,又传来了三弦声。听见女人曼声的尖叫,还有热闹的嬉笑。于是,我明白了,艺人们是给叫到小客店对面饭馆的酒宴上了。听得出来，声音里，有两三个女的，夹杂着三四个男的。等那边结束了，该会转到这里来吧？我这么盼望着。然而，酒宴已不止是热闹，简直近于胡闹了。女人刺耳的尖叫宛如闪电，时时划过黑暗的夜空。我的神经绷得紧紧的，一直敞着门，动也不动地闷坐着。每次听见鼓声起，心头便赫然一亮。

“啊，舞女还在酒宴上。正坐着敲鼓呢。”

鼓声一停，我就受不了。身心仿佛已沉没于暴雨声中。

过了一会儿，也不知是追着玩儿呢，还是转着圈跳舞，响起一阵凌乱的脚步声。随后，一切寂然。我张大眼睛，想透过黑暗，看个究竟，这寂静意味着什么。我心中烦忧，今晚舞女会不会遭人玷污呢？我关上挡雨板，钻进被窝，可心里依然痛苦不安。于是，又去洗澡。狂乱地搅动温泉水。这时，暴雨初霁，明月当空。雨后的秋夜，澄明似水。我心想，即便溜出浴池，赤脚赶到那里，也无济于事。这会儿，已是夜半两点多了。

三

第二天早晨，才过九点，那男子就到旅馆来了。我刚起床，便约他去洗澡。时值南伊豆的小阳春天气，长空一碧，明媚已极。浴池的下方，小河涨了水，沐浴在温煦的阳光下。自己也觉得昨夜的烦恼，恍如一场春梦。我向那男子试探地说：

“昨晚好热闹呀，一直闹到很晚吧？”

“哪里。都听见了？”

“当然听见了。”

“都是些本地人。尽瞎胡闹，一点意思也没有。”

他一点声色都不露，我只好不再做声。

“对面浴池里，她们几个也来了。你瞧，好像看见咱们了，还笑呐。”

顺着他指的方向，我朝河对面的公共浴场望去。热气蒸腾中，有七八个光着身子的人，若隐若现。

忽然，一个裸女从昏暗的浴池里头跑出来，站在更衣场的尖角处，那姿势就像要纵身跳下河似的，张开两臂，喊着什么。她一丝不挂，连块手巾都没系。她正是那舞女。白净的光身，修长的两腿，像一株幼小的梧桐。望着她，我感到心清似水，深深地吁了口气，不禁笑了起来。她还是个孩子啊。看见我们，竟高兴得赤条条地跑到光天白日里，踮起脚尖，挺直身子。这真是个孩子啊。我好开心，爽朗地笑个不停。仿佛尘心一洗，头脑也清亮起来。脸上始终笑眯眯的。

舞女那头秀发非常浓密，我当她有十七八了呢。再说，她打扮成大姑娘的样子，以至于我才会有那么大的误会。

我和那男子刚回房间不久，大姑娘就到旅馆的院子来看菊圃。舞女走到桥中间，四十岁的女人恰好从公共浴场出来，望着她俩。舞女一缩肩膀，笑了笑，意思是：会挨骂的，得回去啦。转身赶紧走了。四十岁的女人来到桥前，招呼说：

“请来玩啊。”

“请来玩啊。”

大姑娘也跟着说了一句，几个女的都回去了。那男子一直待到傍晚。

晚上，我正和做纸生意的行商下围棋，忽然听见旅馆院内响起鼓声。我想站起来，便说：

“卖艺的来了。”

“嗳，没意思，那玩意儿。来呀，来呀，该你走啦。我下这儿了。”他点着棋盘说，一心只想争个胜负。我却心不在焉。这时，艺人们好像要回去，那男子在院子里向我打招呼：

“晚上好。”

我走到廊下，朝他招招手。艺人们小声商量了一会儿，然后绕进大门。三个姑娘跟在男的身后，挨着个寒暄：

“晚上好。”手拄在廊下的地板上，像艺伎那样行礼。棋盘上，我顿时现出败象。

“这下没救了。我认输。”

“没的事。我这棋才糟呢。反正不相上下。”

纸商对艺人连瞧都不瞧，一一数起棋盘上的棋子，然后，下得越发用心。几个女的把大鼓和三弦什么的，都归置到角落里，然后在象棋盘上玩起五子棋来了。这工夫，本来该我赢的棋，却输了。纸商还死乞白赖地说：

“怎么样？再来一盘吧，再来一盘好不好？”

我不置可否地笑笑，纸商只好死心，起身走了。

三个姑娘都凑到围棋盘跟前。

“今晚还要去别处转吗？”

“要去的，不过……”那男的瞅着姑娘们说，“怎么样？今晚就算了，咱们玩会儿吧？”

“太好了！真开心！”

“不会挨骂吗？”

“怎么会呢。再说，没客人，反正是白转悠。”

于是，她们就摆起五子棋来，一直玩到过十二点才走。

舞女回去后，我毫无睡意，脑子十分清醒，便到走廊上喊道：

“老板！老板！”

“来喽……”快六十的老头子，从屋里跑出来，劲头十足地答应着。

“今晚杀他个通宵！下到天亮！”

我也斗志昂扬起来了。

四

我们约好第二天早晨八点从汤野出发。我戴上在公共浴场旁买的鸭舌帽，把高等学校的学生帽塞进书包里，朝着沿街的小客店走去。二楼上的纸拉门大敞着，我不假思索走了上去，艺人他们还睡在被窝里。我不知所措，呆呆地立在走廊上。

舞女就睡在我脚旁的铺上，脸一下红了起来，急忙用手捂住。她和二姑娘睡在一起。昨夜的浓妆还残留在脸上。嘴唇和眼梢微微发红。这副楚楚动人的睡态，深深印在我心上。她像怕晃眼似的手捂着脸，一骨碌翻身出了被窝，坐在走廊上。

“昨晚上多谢啦。”说着，还优雅地鞠了一躬，这倒叫我站在那里很尴尬。

那男子和大姑娘同睡一个铺盖。没看见这情景之前，我压根儿不知道他俩还是夫妻。

“真对不住您呐。本来打算今儿走，可晚上有个饭局，准备再待一天。您要是非今儿走不可，那就下田再见吧。我们定的客店是甲州屋，一打听就知道。”四十岁的女人从铺上欠起身子说。我感觉好像被人甩了似的。

“明天走不行吗？妈非要再拖一天不可。路上还是有个伴儿的好。明天一起走吧。”那男子说。四十岁的女人便又补充道：

“就这么着吧。承蒙您同我们做伴，我们却只顾自己，太对不住您了……明儿就是下刀子也得走。后儿个是我们那个死在路上的小囡的七七。早就打算到那天，在下田做七七，尽点心意。我们这么急急忙忙赶路，为的就是要赶在那天之前到下田。这话要说呢，有点失礼，不过，咱们还真有缘分，赶后儿个就请您也来祭祭吧。”

于是我也推迟一天动身，便下了楼。一边等他们起床，一边在脏兮兮的账房里，同客店的人闲谈。这工夫男的来邀我去散步。从大街朝南走不远,有座挺漂亮的桥。我们在桥上凭栏而立,他又说起自家的身世来。说他以前在东京，曾一度与那些新派演员混在一起，至今还常在大岛的码头上演戏。有时刀鞘会像脚一样从包袱里支棱出来，是在酒宴上拉架势演戏用的。柳条包里，尽是些服装道具和过日子用的锅碗瓢盆。

“我自误终生，落得穷途潦倒;哥哥倒在甲府继承了家业，兴旺发达。我这个人，唉，成了多余的了。”

“我一直以为你是长冈温泉的人呢。”

“是吗？那个大姑娘是我妻子。比你小一岁，十九啦。半路上，第二个孩子小产，活了一星期就断气了。她身子还没大恢复好。老的是她妈。跳舞的是我亲妹妹。”

“咦？你说有个十四岁的妹妹……”

“就是她呀。唯独这个妹妹，我想来想去，实在不愿叫她干这营生。可其中也有种种苦衷啊。”

然后他告诉我，他名叫荣吉，妻子叫千代子，妹妹叫薰。另一个姑娘叫百合子，十七岁，只有她是大岛人，雇来的。荣吉十分感伤，忍泪凝望着浅水湍流。

回来时，看见舞女已经洗去脂粉，正蹲在路旁抚摸小狗的头。我要回自己的旅馆，便说了句：

“来玩吧。”

“哎。不过，我一个人……”

“跟你哥一起来嘛。”

“马上就去。”

不大会儿工夫，荣吉来了。

“她们呢？”

“因为妈管着她们。”

我们俩刚玩了一会儿五子棋，她们就过了桥，咚咚地跑上楼来。照例先恭恭敬敬地行礼，然后坐在走廊上，迟疑不动，千代子头一个站起身来。

“这是我住的屋子。别客气，请进来吧。”

玩了有一个来小时，他们便到旅馆里的室内温泉洗澡去了。还一再劝我一起去。因为有三个年轻女人，我就敷衍说，待会儿再去。可是，舞女马上一个人上楼来，给千代子传话，说：

“嫂子说要给您搓背，请您去呢。”

我没去洗澡，和舞女玩起五子棋来。不承想，她倒挺能下。比赛时，荣吉和其他两个女的，我不费吹灰之力就能赢。下五子棋，大抵都不是我的对手，但同她，我得全力以赴才行。无须手下留情，非常痛快。因为屋里只有我们两人，起初她离得老远的，要伸长胳膊才能下子。渐渐地，她忘其所以，专心致志，上身竟遮住了棋盘。那头美得异乎寻常的黑发，简直要碰到我的胸脯。蓦地，她脸一红，说道：

“对不起。要挨骂了。”扔下棋子就跑出去了。姆妈正站在公共浴场前。千代子和百合子也慌慌张张走出澡堂，连楼都没上便逃了去。

这一天也是从早到晚，荣吉一直在我的住处玩。纯朴亲切的旅馆老板娘劝我说，请那种人吃饭，白糟蹋钱。

晚上，我去小客店，舞女在跟姆妈学三弦。一见到我便停下手来，姆妈说了她，才又抱起三弦。每次歌声稍高一些，姆妈就说：

“不是叫你不要那么大声吗？”

荣吉给叫到对面饭馆二楼的酒席上，不知在吟唱什么。从这边也看得见。

“他唱的什么？”

“那是……谣曲呀。”

“这谣曲，有点怪哩。”

“他是个万金油。谁知他唱的什么！”

这时，有个四十来岁的汉子，打开隔扇，叫姑娘她们过去吃东西。听说他在小客店租了间屋，是个卖鸡肉的。舞女便和百合子拿上筷子到隔壁去，吃他吃剩的鸡肉火锅。到这屋时，卖鸡肉的轻轻拍了拍舞女的肩膀。姆妈就凶巴巴地板起脸。

“喂！别碰这孩子！她可是个黄花闺女呐。”

舞女却一口一个大叔地喊着，央求他念《水户黄门漫游记》给她听。可是，卖鸡肉的一会儿就走了。她不好意思直接求我接着念，便不住地跟姆妈嘀咕，似乎要姆妈开口求我。我怀着一个期望，拿起了话本。果然，舞女痛痛快快地靠近跟前。我一开始念，她就把脸凑过来，都快挨上我的肩膀，表情十分认真，眼睛闪着光芒，聚精会神地盯着我的前额，一眨也不眨。这大概是她听人读书时的常态。方才跟卖鸡肉的就快脸碰脸了。那情景我都看在眼里。舞女那又大又黑的明眸，顾盼神飞，是她最美丽动人之处。双眼皮的线条，有说不出的妩媚。而且，她笑靥如花。用“笑靥如花”一词来形容她，真是再恰当不过了。

过了一歇，饭馆的女侍来接舞女。她穿好衣裳对我说：

“我马上就回来，待会儿再接着念，好吗？”

然后，到了走廊上，两手扶着地行礼说：

“我走了。”

“可千万别唱歌！”姆妈说完，舞女拎起大鼓，轻轻点了点头。姆妈回头看着我说：

“她现在正在变嗓子……”

在饭馆的楼上，舞女端庄地坐着敲鼓。她的背影，宛如近在隔壁，看得很清楚。鼓声使我心荡，令我欢喜。

“有了鼓，这宴会才热闹。”说着，姆妈也转过头望着对面。

千代子和百合子也都到那酒宴上去了。

过了一小时，四个人一起回来了。

“只给了这么点儿……”舞女把攥在手里的五个银角子，稀里哗啦地倒在姆妈手上。我又读了一阵《水户黄门漫游记》。她们提起死在路上的婴儿。说孩子生下来像水一样透明，连哭的气力都没有。尽管那样，还活了一星期。

我对他们，既不好奇，也不轻蔑，压根儿忘掉了他们是些跑江湖卖艺的。我这种寻常的好意，大概沁透他们的心田。我决定等几时到大岛他们家去看看。

“要是住爷爷那间房子才好呢。那儿宽敞，再把爷爷弄出去，就清静了，住多久都行。还能够用功什么的。”几个人商量半天，然后对我说：

“我们有两座小房，山上那座一直空着。”

还说，等正月里请我去帮忙，大伙儿都要上波浮港演戏去。

我渐渐明白，他们虽然天涯漂泊，那心境却是悠闲自在，不失自然纯朴，并不像我当初想象的那样困厄劳顿。因为是母女兄妹，其间自有骨肉亲情的一条纽带维系着。只有雇来的百合子，十分腼腆，在我面前总是不声不响。

直到半夜,我才离开小客店。姑娘们送我出来。舞女把木屐替我摆好，在门口探头看了看天，夜空一派清明。

“啊，月亮……明儿就到下田啦，好开心呀。要给囡囡做七七，叫姆妈给我买把梳子，还有好多事呢。你带我去看电影好吗？”

下田港是座充满乡愁的城镇，令人怀念不已，凡是流浪到伊豆、相模一带温泉浴场的艺人，无不把它看作天涯羁旅中的故乡。

五

同过天城山时一样，艺人他们拿着各自的行李。小狗将前爪搭在姆妈的胳膊上，一副老于行旅的神情。出了汤野，便又进山。海上的旭日，温煦地照着山腹。朝着旭日升起的地方望去，河津川的前方，河津海滨豁然展现在眼前。

“那就是大岛吧？”

“看着都那么大呢。您可要来啊！”舞女说。

也许秋空过于明丽，朝阳初起的海上，反倒烟霞缥缈，仿佛春日。从这里到下田，要走四十里路。有一段路上，大海时隐时现。千代子悠然地唱起歌来。

半路上，他们说，山间有一条小路，虽说险了点儿，却近了四里来路，问我，是抄近路呢，还是走平坦的大道？我当然挑了近路。

那是密林中的一条上坡路，满地落叶，又陡又滑。我累得直喘气，却不管三七二十一，手撑着膝盖，加快了步伐。眼看着他们几个落在后面，只听见林中传来的说话声。舞女撩起下摆，紧跟了上来，离我不到两米远，她既不想离得更近，也不愿落得太远。我回过头去同她搭话，她好似一惊，停下脚步，含笑回答。本想说话的工夫让她赶上来，便等着她，但她依然止步不前，直到我抬脚，她才迈步。峰回路转，更加险峻难行。从那段路起，我愈发加快步伐，舞女仍在我身后不到两米远，一心只顾往上攀登。空山寂寂。其他人远远落在后面，连说话的声音也听不见了。

“少爷家在东京什么地方？”

“不，我住在学校的宿舍里。”

“我也去过东京，赏花时节去跳过舞……不过，那时很小，现在什么都记不得了。”

然后，舞女有一搭没一搭地问我：

“您父亲在吗？”“您去过甲府没有？”什么都问。还提起，到了下田要看电影啦，路上死去的婴儿啦，诸如此类的一些事。

终于爬到山顶。舞女把大鼓放在枯草中的凳子上，拿手巾擦了擦汗，接着刚要掸自己脚上的尘土，却忽然蹲在我跟前，给我掸起裙裤来了。我赶忙闪开身子，舞女咕咚一下，膝盖着了地。竟这么跪着给我周身上下掸了一通，然后，放下撩起的下摆，对还站着大口喘气的我说：

“请坐下吧。”

凳子的一侧，飞来一群小鸟。周遭一片寂静，只有小鸟飞落枝头时枯叶发出的沙沙声。

“干吗要走得那么快呀？”

舞女似乎很热。我用手指咚咚敲了两下鼓，小鸟便都飞走了。

“啊，真想喝水。”

“我去找找看。”

过了片刻，舞女从枯黄的杂木林中空手而回。

“在大岛，你都做些什么呢？”

于是，舞女没头没脑地提起两三个女孩的名字，说些我听了莫名其妙的话。她好像说的不是大岛，而是甲府。是她仅念过两年小学的那些同学的事。想到什么便说什么。

等了十分钟左右，三个年轻人也到了山顶。又过了十分钟，姆妈才到。下山时，我和荣吉故意落在后面，慢腾腾地边走边聊。刚走了半里路，舞女从下面跑了上来。

“下面有泉水。请快点来。都没喝，在等您呢。”

一听说有水，我就跑了起来。树荫下，一股清泉从岩间涌出。几个女的，站在泉边。

“来吧，少爷请先喝。手伸进去，要弄浑，又怕女人先喝了，您嫌脏。”姆妈说。

我用手捧起清凉的泉水，喝了起来，几个女的却不肯就此离去。还要涮涮手巾擦擦汗。

下了山，走上去下田的大路，便见几处烧炭的青烟袅袅。我们坐在路旁的木材上歇脚。舞女蹲在路上，用把粉红的梳子梳理小狗的长毛。

“那不是要把齿儿弄断吗？”姆妈责备说。

“管它呢。反正到下田要买把新的。”

插在她头上的这把梳子，还在汤野的时候，我就打算向她讨过来，见她用来梳狗毛，觉得很不应该。

路的对过，有很多捆矮竹竿，我说了句“当手杖倒挺合适”，便和荣吉起身先走了。一会儿，舞女跑着追上来，拿了一根比她人还高的粗竹竿。

“你这是干吗？”荣吉一问，舞女有些着慌，把竹竿递到我面前说：

“给您当手杖使。我抽了一根顶粗的来。”

“那可不行。粗的一看就知道是偷来的,给人瞧见多不好。送回去！”

舞女踅回竹竿捆那里，随即又跑了过来。这回，给我一根有中指粗细的竹竿。然后倒了下去，背靠在田畦上，喘着粗气等她们三个。

我和荣吉始终走在前面，隔着十多米远。

“只要拔掉,镶颗金牙,不就行了嘛。”舞女的声音忽然传到我耳朵里，回头一看，她正和千代子并肩而行。姆妈和百合子还要落后几步。她们似乎没发现我回头，千代子说：

“那倒是。这话你告诉他不好吗？”

好像是在谈论我。千代子大概说我牙齿长得不整齐，舞女就提起镶金牙的事来。可能是在品评我的相貌吧。我对她们已有种亲切感，并不着恼，也无意再听下去。两人继续小声说了一阵，又听见舞女说：

“是个好人啊。”

“那倒是。是像个好人。”

“真是个好人呀。好人真好。”

那话语，透着单纯与率真。那声音，天真烂漫地流露出她的情感。老实说，连我自己也觉得，自己是个好人了。我心花怒放，抬眼眺望明媚的群山。眼内微微作痛。我都二十了，由于孤儿脾气，变得性情乖僻。自己一再苛责反省，弄得抑郁不舒，苦闷不堪，所以才来伊豆旅行。别人从世间的寻常角度，认为我是个好人，心里真有说不出的感激。群山之所以明媚，是因为快到下田海滨了。我挥舞那根竹杖，横扫秋草尖头。

途中，处处的村口都竖着牌子：

“乞丐与艺人，不得入村！”

六

甲州屋这家小客店就在下田的北口附近。我跟在艺人他们身后，上了像阁楼似的二楼。没有顶棚，坐在临街的窗畔，头便能碰到屋顶。

“肩膀痛不痛？”姆妈一再叮问舞女。

“手痛吗？”

舞女优美地做出敲鼓的手势。

“不痛。您看，能敲。还能敲。”

“那就好。”

我提了提鼓。

“嗳呀，好沉呀。”

“比您想的要沉吧。比您的书包还沉呢。”舞女笑着说道。

艺人向店里别的客人热情地打招呼。都是他们卖艺、走江湖的同道。下田这个码头，似乎就是这样一些漂泊者的归宿。店家的小孩，摇摇晃晃走进房间，舞女给了他几个铜板。我正要离开甲州屋，舞女便抢先到大门口，给我摆好木屐，自言自语似的悄声说：

“记着领我去看电影啊。”

我和荣吉求一个像无赖似的人带了一段路，到了一家旅馆，说是老板原先当过镇长。洗完澡，和荣吉一起吃的午饭，菜里有新鲜的鱼。

“明天做法事，拿这个买束花供上吧。”

说着，把一个钱数很少的小纸包叫荣吉带回去。明天一早，我得乘船回东京了，因为旅费已经花光。我说是学校里有事，他们也就不便勉强挽留了。

吃完午饭不到三小时，又吃晚饭。然后，我独自一人朝北走去，渡过桥，登上下田的富士山，眺望海港风光。归途顺便去甲州屋，艺人他们正在吃鸡肉火锅。

“少爷也来吃点吧。虽说女人筷子先动过，不干净，以后尽可当笑料嘛。”姆妈说着就从行李里取出碗筷，叫百合子去洗了来。

明天就是婴儿的七七，哪怕再多待一天也好。他们又劝了我一通。我拿学校做挡箭牌，没有答应。姆妈一再说：

“那就等到寒假，大伙到船上去接您好了。事先告诉个日子。我们可盼着您呐。住旅馆可不行。我们会到船上接您呐。”

房间里只剩下千代子和百合子，我请她们去看电影，千代子捂着肚子说：

“我身子不舒服。走了那么多路，实在吃不消了……”她面色苍白，已经精疲力尽。百合子拘谨地低着头。舞女在楼下同店家的孩子玩，见了我，便央求姆妈让她看电影去。可是，她面无表情，木然走回这边，给我摆好木屐。

“那有什么？带她一个人去，不也可以吗？”虽然荣吉也极力劝说，姆妈仍旧不答应的样子。为什么不能带她一个人去呢？我实在纳闷。出了大门，舞女刚好在那里摸小狗的头。脸上冷冷的，我都没法儿跟她搭话。她仿佛连抬头看我一眼的气力也没有了。

我一个人去看的电影。女解说员在小煤油灯下读着说明书。我旋即离去，回到旅馆。在窗台上支肘枯坐，久久地凝视着夜幕下的街市。街市黑沉沉的。我觉得，仿佛远处不断传来隐约的鼓声。我无端地扑簌簌流下了眼泪。

七

动身那天早晨，七点钟吃饭时，荣吉在街上喊我。穿了一件印着家徽的黑外褂。大概为给我送行才穿的这身礼服。却没有看到她们几个。我顿感惆怅。荣吉进屋说道：

“她们都想来送您，可昨晚睡得太迟起不来，真对不住。她们说，盼着您冬天来，一定要来呀。”

街上秋风乍起，晓寒侵身。荣吉在路上给我买了四盒敷岛牌香烟，还有柿子和薰牌清凉散。

“因为我妹妹的名字叫薰。”他笑了笑说，“船上吃橘子不好，不过，柿子能止晕，可以吃点儿。”

“这帽子给你吧。”

我摘下鸭舌帽,戴在荣吉头上。然后从书包里掏出学生帽,抚平皱褶,两人笑了起来。

走到码头，舞女蹲在海边的身影，一下闯入我的心扉。直到我们走到她身旁，她都凝然不动，默默地低着头。脸上依然留着昨夜的浓妆，越发加重我的离情别绪。眼角上的两块胭脂红，给她似恼非恼的脸上，增添一丝天真而凛然的神气。荣吉问道：

“她们也来了？”

舞女摇了摇头。

“还在睡觉？”

舞女点了点头。

荣吉去买船票和摆渡票的工夫，我变着法儿跟她搭讪，她都一声不响，只管低头望着水渠入海处。每次不等我讲完，她就频频点头。

这时，一个做小工似的汉子向我走来。

“大娘，这个人倒合适。”

“这位学生，是去东京的吧？看您这人挺可靠，求您把这位老婆婆带到东京去行不行？老婆婆好可怜喔。她儿子在莲台寺的银矿上干活，得了流感，连儿子带媳妇全死了。留下这么三个小孙孙。走投无路哇，大伙儿合计了一下，还是叫她回老家吧。老家呢，在水户，可她任嘛不懂，等到了灵岸岛，送她坐上去上野的电车就行。给您添麻烦了，咱们这儿给您作揖，求您啦。瞧瞧她这形景，八成儿您也会觉得怪可怜的，是不是？”

老婆婆痴呆呆地站在那里，背上背着一个吃奶的孩子，一手拉着一个女孩，小的三岁上下，大的五岁左右。脏包袱里露出大饭团和咸梅干。五六个矿工在安慰她。我很爽快，答应照料她。

“那就拜托啦。”

“谢谢您啦。本来俺们该把她送到水户去，可是办不到啊。”矿工们一一向我道谢。

渡船摇晃得厉害。舞女依旧紧紧地抿着嘴，望着一边。我抓住绳梯，回过头去，她似乎想道一声珍重，却又打住了，只是再次点了点头。渡船已经返航归去。荣吉不停地挥舞着我方才送他的那顶鸭舌帽。直到轮船渐渐离去，舞女才扬起一件白色的东西。

轮船驶出下田海面，我凭栏一心远眺着海上的大岛，直到伊豆半岛的南端消失得无影无踪。与舞女离别，仿佛已是遥远的过去。不知老婆婆怎么样了，便去船舱张望了一下，见有许多人围坐在她身旁，似在多方安慰她。我放下心，进了隔壁的船舱。相模滩上，波涛汹涌。一坐下去便不时地左右摇摆。船员四处分发小铜盆。我枕着书包躺了下去。头脑空空，失去了时间感觉。泪水唰唰地流在书包上。脸颊感到凉冰冰的，只得将书包翻过一面。有个少年躺在我的身旁，是河津一家工厂主的儿子，去东京准备升学考试。见我戴着一高的学生帽，似乎对我抱有好感。交谈几句之后，他问：

“您是不是遇到什么不幸了？”

“没有。我刚刚同人告别来着。”

我回答得非常坦率。即使让人看见我流泪,也不在意了。我无思无念。只感到神清气爽，心中惬意，静静地睡去。

海上是几时暗下来的，我竟然不知道。网代和热海一带，已灯火灿然。我的肌肤有点冷，肚里感到饿。少年给我打开竹叶包，我似乎忘记那是别人的东西，拿起紫菜饭卷便吃。然后，钻进少年的学生斗篷里。一种美好而空虚的心情油然而生,不论人家待我多亲昵,我都能安然接受。我甚至想，明天一早，带老婆婆去上野站，给她买张去水户的票，那也是自己应该做的。我感到天地万物，已浑然一体。

船舱里的煤油灯，已经熄灭了。船上装的生鱼和潮水的气味，变得浓烈起来。黑暗中，少年的体温给我以温暖，我任凭眼泪簌簌往下掉。

脑海仿佛一泓清水，涓涓而流，最后空无一物，唯有甘美的愉悦。

（一九二六年）

岁月

ひもつきも

光悦[1]会上

一

京都时值秋日，阵雨频频，今天就雨意颇浓。

经过大德寺，一回头，比睿山顶已笼罩着一层薄薄的雨云。

为打听去光悦寺的路，便停下车来。

“爸，您也不认路吗？”

“战前去过一次，那天风和日丽，是走着去的，一直走到大德寺的孤篷庵前。再说，那已经是十年前的事了。”

父亲把帽子撂在旅馆里了。看他秃头光光，松子一时兴起，想回忆一下十年前父亲的头是什么样子。可真一点儿都记不得了。不过，他那又大又圆的脑袋上，要是稀稀拉拉还留下几根头发，反而显得滑稽似的。

一会儿，松子见司机停下车，一心等着向过路人问路，对他的耐性，觉得很可笑。

1　全名为本阿弥光悦(1558—1637)，江户(1600—1867)初期艺术家，世代以鉴定刀剑为业。至光悦一代，在书法、绘画、陶瓷、漆器等方面均有极高造诣。按祖传所制茶道用碗“乐家茶碗”，为茶具中的名品。晚年隐居于幕府将军德川家康所赐洛北鹰峰，形成光悦村。

在这条仿佛是郊外的乡村小路上，走来两位老婆婆。

“打这儿拐过去就成。鹰峰那儿有茶会，去的全是这样的汽车，密密麻麻的。”

司机将头从车窗缩进来，老婆婆又补充说：

“用不着再打听啦，一直开到有白墙的庙前就到了。”

在狭窄的小路上开了一会儿，便来到那座寺院的白色围墙前。

“源光庵……”

松子念着寺名。

寺前似乎有一条路，“密密麻麻的”汽车能一直通到茶会那里。松子他们这辆车刚才开错了路。

光悦寺的门前，有座颇具乡村风格的房屋，从茶会上出来的人都挤在那房前的屋檐下。阵雨似停似下。也许并非为避雨，而是在等车。

“爸，乐先生站在那儿呢。”

“什么？”

父亲声音呆滞地反问。

松子已经打开车门，又不好意思用手指人家，便自己先下车。候在车旁，摆出帮大胖子父亲下车的姿势。举步之前，松子半带犹疑，微微点了点头。可是，乐先生并没发觉有人同自己打招呼。

他好像逮着松子他们乘来的出租车，坐上去就开走了。

松子在光悦寺的铺路石上边走边说：

“那位胖胖的，就是乐先生呀。不过没有爸您这么胖……”

“还挺年轻嘛。”父亲说。

——今年春天，当代掌门人乐吉左卫门先生应邀去镰仓，在圆觉寺展出乐家茶碗[1]。会上，松子认识了乐家的当代传人。

大厅里，在壁龛和条桌上，陈列着乐家历代制作的茶碗，有初祖长次郎、二祖常庆、三祖道入，直到十二祖弘入、十三祖惺入的作品。同时介绍每件作品的制艺特色。并且，还用京都带来的陶土，现场表演茶碗的做法。乐先生讲话的样子，气度豪迈，简明扼要，听来痛快。壁龛和条桌上摆着四五十件乐家茶碗，以及名贵的参考器物，竟让众多的观众拿在手上随意把玩，真叫松子惊讶不已。心想，这就是乐先生的为人吧？所以，那次茶会令人愉快，而且意味深长。

松子那时因失眠而日渐虚弱，连看绿叶都觉得刺眼。可是正因此，长次郎和道入等人的茶碗，看上去反而显得美得那么水灵。当时的松子，只要稍一招惹就会哭出来。因此，手中的茶碗也应有知，她是以心去感受的。那半天工夫，居然能让她忘掉爱情的哀痛。

于是，圆觉寺乐家茶碗展便给松子留下了印象。回想起来，当时她虽然忍着没哭，却似乎有一滴清泪，不知落进乐家的哪只茶碗里了。

松子怕抛头露面，便站在与会的一百五十来人的后面，仿佛藏在人群里，所以，乐先生不可能认识松子。

二

在光悦寺正殿前接待处，父亲付会费的工夫，松子在观赏白山茶花。是僧房门旁的一棵老大的树，给修剪成椭圆形，满树繁花，一片烂漫。

十一月十三日，从上午十点开始，为本阿弥光悦做佛事，十二、

1　京都人长次郎(1516—1592)，得茶道名家千利休指导，烧制成的茶具为丰臣秀吉所喜，赐以“乐”印，遂用为家号，所制茶碗便称之为“乐家茶碗”，按釉色分白、黑、赤三种，其技艺世代所宝，相传至今。

十三连着两天，有追荐茶会。大茶会上要展出珍品名器，与东京的大师会同样知名。松子他们乘的是明星号夜车，十三日早晨五点到的京都，在旅馆稍事休息，过午便出来了。

佛事早已结束，松子和父亲依然去参拜了正殿。又从正殿经过僧房来到院子里。木屐上，粘着潮湿的泥土。院子中间的太虚庵很拥挤，所以，先去了后面的骑牛庵。

今年的骑牛庵，由光悦会东京分会主持点茶。虽说是浓茶，一天之间竟有三百来位客人，于是，便在休息室里点茶，茶室只供参观茶具。再说，松子的父亲朝井并非茶道圈里的人，以致要特意从东京赶来，他不过是想，女儿既然学茶道，该让她来一次，到光悦会上见识见识。

“芭蕾和茶道，似乎是战后你们这些小姐家的时髦玩意儿吧。芭蕾和茶道，搭配得真是妙极。这也是和魂洋才的新形式哩。跳芭蕾要打扮得高雅洋气，茶会上，则要穿华丽的日本和服……”父亲这样打趣女儿。

然而，朝井事先并没忘记提醒松子：不要把光悦会这样的大茶会当成茶道中的庙会，以为在华丽的人群中发现不了茶道的根本精神和形式，那样，就大错特错了。朝井知道，女儿为了抚平内心的波澜才去学点茶的。所以，他怕来到这天下第一大茶会，反使松子对茶道感到幻灭。

骑牛庵的休息室里，有一幅画着葡萄的彩色挂轴，说是光悦之孙空中斋光甫的手笔，朝井正看得好稀罕。

“爸！”松子小声招呼说。刚点好的茶已麻利地端了过来。

前一拨客人正在茶室里面，朝井便在松阴下等着，回首向后山一望，忽然发现道：

“咦？变成秃山了！是战争时期砍光的吧？”

两峰呈圆形，山容端正，该是光悦当年朝夕眺望的小山。记得战前来的那次，正是满山青翠，怡情悦目。两座山峰，一座叫鹰峰，一座叫鹫峰，光悦寺则坐落在鹰峰。光悦经营的艺术村如今早已荡然无存，现在的寺院与茶室，历史不算太久，可是，两个圆坨坨的山峰已然变得光秃秃的了。

有诗句云："两山遥相对，阵雨纷洒光悦寺。""黄昏日落时，阵雨霏微望山头。"秃山上究竟下没下阵雨呢？朝井摊开手掌试了试，雨丝竟细得测不出来。两山峡谷中，有间奇怪的小屋。

"说是在挖锰矿呢。"一位像是点茶师傅的妇女告诉说。

前面的客人像是出来了，一回头，从茶室右侧的山边，远远能望见京都的街市。

没分什么顺序，父女俩排在第四第五位。松子跟在父亲后面走进茶室，在暗淡的壁龛里，伊贺花瓶的色泽，好似微光莹然一点，一眼就把她给吸引住了。宛如一枚神秘的夜光贝，在海底熠熠生辉。经水打湿后，格外艳丽妖娆。伊贺瓷的釉面青里透黄，给周围那片微明薄暗一衬托，愈益显出蓝莹莹的光泽。走近跟前，花瓶下半截灰里透黑的部分，也带着水。花瓶上面有耳，立在那里显得强劲飒爽。

墙上挂的是寸松庵的色纸[1]，上面题的诗是："山村秋日分外寂"。茶釜是东山殿[2]所喜欢的芦屋釜，釜上的松树系光信绘制的底样。茶碗是光悦手制的黑乐碗，为七品中的"雨云"，松子以前曾耳闻其名。本来打算传到跟前时仔细欣赏一番，可是，茶室内光线略暗，加上自己的影子，釉药流过黑地上形成的花纹，使人联想起雨云这一景色，却没太看清。

1 用以书写和歌、俳句、绘画等特制的方形厚纸板，上面施以金箔、彩色花纹等。

2 即足利义政（1436—1490），室町幕府第八代将军，晚年出家，隐居京都东山而得名。

茶杓是空中斋的“共筒”，据说是他八十二岁时所作，上面刻的题款，字体细密，看起来也很吃力。茶叶罐，是“中兴名品”[1]，水罐是云州藏帐，总之，俱是名贵之物。但是，松子的目光依然时时投向壁龛里的花瓶。在暗淡的光线中，别的茶具，远不及伊贺瓷釉那么润泽优美。

那插着白茶花，如同蓝色的萤火虫般的光泽，让松子看出了神。等那只古铜茶盂传到膝前时，松子懵懵懂懂居然伸手拿了起来。

“当心沾上手垢……”

旁边的客人悄声对松子说。可是坐在主人席上的主持人说：

“没关系，不怕的，请吧。待会儿再擦……”

古铜茶盂，既不能沾上手垢，也不能用粗布擦，不然的话，会留下划痕的。

三

太虚庵今年由名古屋分会主持。

低矮的栅栏，是将竹子弯起来编成的，人称“光悦篱笆”。在墙外等的工夫，松子对父亲说：

“里千家[2]的二少爷也来了。”

“你认识不少人嘛。”

“从《淡交》上的照片认识的……”

松子正目送那人的背影，赶紧闭上嘴，缩回身子，躲在父亲的身后。

一位高个子青年与里千家的二少爷交臂而过，正向这边走来。好像

1　江户初期，茶人小堀远州（1579—1674）所选定的茶具精品，称之为中兴名品。

2　日本茶道流派之一，由千利休之孙宗旦的第四子宗室开创。

认出松子，脚步停了一下，似乎改变主意，径直走了过来。

“想不到在这里遇上……”

“爸，是高谷先生……”松子说。在提醒父亲之际，自己也尽量镇静下来。

“哦——”

比起高谷，做父亲的似乎更不放心女儿，站在那里，不动声色地像在回护女儿，一边给高谷还了一礼。

“我是到京都来，正好碰上了……”高谷挑了挑浓眉，“特地从东京来的人，真不少呢。”

“就你一个人？……”朝井慢条斯理地问。

“唔……”

高谷避而不答。

“玄琢的茶会去过了吗？还是这就去？我因顺路已经先去过了。如果不碍事，我送送你们。”

“不必了，谢谢。”

太虚庵的壁龛里，也是在伊贺瓶里插着含苞待放的白茶花。挂了一方升色纸[1]。松子因为遇见高谷幸二，心神不定，上面的诗没看懂。一只两侧花纹各不相同的高丽产伊罗保茶碗，也没太看清楚。心里乱糟糟的，觉得幸二准等在外面，可又怕走出茶室。

果不其然，幸二等在外面。

“又下起阵雨来了。我送你们过去吧。”

松子望着父亲，可幸二的车已经停在那里。

1　升色纸是书写《深羊父集》的断简，因为纸张成了形（升形）而得名，相传为藤原行成书写。

正要随父亲上车，一眼瞥见后面座位上搭着一条漂亮的女人围巾和外套，松子不禁怔在那里。幸二在门边等着。松子感到朝幸二的那侧脸颊火辣辣的。她身子前倾，尽量不碰身后的女人衣物。

一转眼就到了玄琢的土桥别墅。

“那么，我在此失陪了。”幸二在大门口告辞说，“这是旅馆的车，你们回去时可用。”

“不必了。回去时，打算走到大德寺……多谢了。”

“要是下雨就麻烦了。我可以坐同伴的车。请不用客气……”

幸二向后退了两三步，像是把车硬塞给朝井似的，然后才正面望着松子，眼里满含着忧愁。

“再见。”

松子垂着目光说：

“幸二少爷，车里的东西……”

“啊，对了。”

幸二举止失措地趔回去，笨手笨脚地一把抱起女外套和围巾。要是叠起来交给他就好了，松子虽想到，却已来不及了。

四

走进土桥别墅的大客厅，已经有四五十位客人先期等在那里。朝井吃了一惊：

“是雪舟[1]啊！”说完，就从坐着的人群中间挤了过去，靠近壁龛。

1　雪舟(1420—1506)，室町时代的画僧。明朝年间，来华学习水墨画法，回国后，创作独具个性的山水画。代表作有《山水长卷》《破墨山水图》《天桥立图》等。

挂的是雪舟的一幅山水画，上有牧松和了庵的题跋。这是国宝名画。

画的正中，两棵松树高高屹立在磐石之间，枝叶舒展。同周围的岩石、房屋，以及石山相比，两棵松树显得大得多。并且，比对岸的水平线、远处的山峦也高出不少。水面渐远渐阔，波平如镜。天空清淡，深邃窅远。显示出雪舟精湛的透视技法。松树后面的岩石下，有茅屋一椽。一位高士，后随书童，正在岩石间开出的小路拾级而上。人物所处的位置，就在松树前，与松树屹立的磐石相连的石板下。画面上两棵松树，是硕大的中心，如同雪舟其人。

朝井在壁龛前一直没有动弹。

“这是可遇不可求的名画，要用心仔细看。”一面对松子说一面想，真是巧合，“画上的松，可是松子的松呀。”

松子对着画凝坐不动。朝井希望女儿能多看一会儿。

“了庵桂悟的题跋，也是很有名的。”说着，把标有题跋读法的纸搁在松子面前，念道：“永正丁卯上巳前一日，了庵书于云谷寓舍，时年八十有三。这是他去周防，在雪舟的故居写的。牧松遗韵，雪舟仙逝，天末残生，惊破春梦。意思是，先前牧松的题跋，已成遗墨，雪舟也去世了。八十三岁的佛日国师，想起他们两人犹感亲切，不禁又想到自己也垂垂老矣。人间何处卜长生。了庵活到九十一岁。雪舟也活到八十七岁，据说这幅画是他八十岁以后的作品，真是精妙绝伦啊。活到八九十岁，实在是漫长的一生，以松子你们的年轻，还不至于惊破春梦。”

香炉是薄胎青瓷的“千鸟”，红地金泥彩花瓷的花瓶，都是珍贵的艺术精品，不过，朝井更希望雪舟的山水能打动松子的心，让她从烦恼中摆脱出来，哪怕一小会儿也好。

按照牌上的顺序，依次叫进茶室，等的时间较久，所以，朝井便慢慢儿浏览茶会记事。这儿由大阪分会负责，点的淡茶，壁龛里陈列着定家[1]的怀纸[2]，花瓶也是伊贺瓷，水罐是仁清[3]的彩绘龙田川，茶碗是中兴名品，以及远州茶具名物志、云州茶具名物志中提到的江户高丽碗，备用的则是道入的黑乐碗，款识为“腰蓑”，釜盖架是青瓷竹节，等等，不一而足。

松子一个人出来站在廊下。见父亲走过来，便说：

“在亮处看，红地金泥彩花瓷显得更漂亮。”不过，在父亲过来之前，她一直惘然望着挨着院子的稻田和对面的小山。

淡茶会[4]里人很拥挤，简直是腿挨着腿。“因为这是最后一拨客人了。”主持人是位老者，由他点茶。他说拿出仁清的龙田川水罐，那可是难得有的事。

院里的农舍内，还有一处由京都分会主持的浓茶会，照说那儿展出的也有寸松庵的色纸，极品[5]水釜，茶叶罐是“利休地藏”，还有茶杓等，尽是一些名品。因怕天时太晚，朝井便乘了幸二留下的车回去了。

在旅馆洗完澡，从正在对镜化妆的松子身后走过时，朝井说：

“怎么，只涂了上唇？下唇呢？……”觉得奇怪，便停住脚。只把上

1　即藤原定家（1162—1241），镰仓（1185—1333）初期的代表诗人，诗歌理论家与古典学者。所编《新古今和歌集》《小仓百人一首》等诗集至为有名，《每月抄》等，为诗歌理论代表著作。

2　书写诗歌、连歌、俳句等正式用纸，尺寸大小、折叠方法、书写格式等均有规定。

3　江户初期的陶工，生卒年不详。

4　淡茶会一人一碗不予传递，多用色泽艳丽的茶碗，氛围较轻松，可交谈。浓茶会规格高，更为正式，宾客恭默静守，多用朴素端庄并无华丽纹样的“乐家茶碗”，一碗各人使用，体现茶会浑然一体的完整感。

5　日文为“大名物”，系指室町中期至茶道集大成者千利休（1521—1591）之前的茶具精品，大多为由中国传入日本的茶具。千利休时代的茶具精品，日文称作“名物”，本书译作“名品”。

唇涂红，下唇没有颜色，镜子里看，松子显得很异样。

“哪儿呀。要这样涂。”松子合上双唇，然后将下唇轻轻一抿，便沾上了口红，再用指尖把口红涂匀。

“哦，原来是这样。”

“想涂得淡一点，这样就行。”

朝井心里想，有一阵子没看女儿化妆了，便站在那里瞧着她。

秋色斑斓

一

在京都站，朝井买了两三种剩报纸，然后乘上特快鸽子号。

因为是下午，早报已在旅馆里看过，旅馆里没有的报纸，车站上的小卖店里倒还有。

天皇驾巡京都大学的时候，学生发生了骚动。那天是十一月十二日，是朝井带女儿到京都前一天的事。十三日，直到他们从光悦会回到旅馆，看晚报之前，一直不知道京都城里竟然出了那种乱子。

“昨天还出了号外呢。”旅馆女佣说。

“是吗？号外也出了？”

朝井故意用一种特别的说法。将号外变成主语，用的是敬语体。要是说成“还出版了号外吗？”就更好了。

在京都和大阪，不论说什么都爱使用敬语。方才有人说，阵雨“这会儿不下了”，朝井听了觉得很婉转，所以，便在号外后面，用了敬体。

然而，报上登的“骚扰天皇驾临”一事，大标题为《空前未有，不祥之事》，却让朝井很为震惊，也是为了平复自己的情绪，才故意这么说话的。

大学生在正门内列队迎接天皇的汽车，既没山呼万岁，也没唱国歌《君之代》。汽车刚一开过，他们立即唱起了《和平之歌》。不久，又围着天皇的空车，继续唱这首歌。警察拥进校园。于是学生和警察发生冲突，竟高唱起《国际歌》。天皇离开时，汽车是在警察围成的人墙里急忙开走的。

全体学生自治组织——京都大学同学会，本要向天皇递交《致天皇公开质问信》，也未获允准。“公开质问信”也罢，“天皇裕仁台启”这一称呼也罢，朝井感到很不习惯。正像战争结束诏书以及战后宪法所宣称的，天皇，“作为持有主见的个人，希望能致力于世界的和平。身为一国之象征，倘对民众之幸福，世界之和平，毫无任何主见，不能不说是日本之悲剧”。看来学生们是在呼吁和平，表达他们的意愿。“为了太平洋战争，而成为军国主义的支柱”，在天皇的名义下，“许许多多年轻人魂归大海，呼号连天，含恨而死……”质问信上的这句话，令朝井想起自己的两个儿子，两人都阵亡了，如今只剩下女儿松子一人。小儿子当时还是个学生，便出征上了战场。

现在，学生们害怕天皇再度成为“战争意识形态的支柱”，“重蹈覆辙”，对于曾经有过两个儿子的朝井来说，并不能认为是别人的事。

京都大学事件，和光悦寺茶会，发生在同一天，同一个京都，而他们，竟然在第二天出席茶会之后才知道。

“唉，什么世道都是这么回事。”

朝井自言自语，依然觉得不同寻常。

回想之下，几百年前战国时代武将的茶道，同现时代似乎是不合拍的。

朝井上了火车还在看报，专拣事后报道的那些有关消息看，一边看一边想，松子若是个男孩，又正在念书，会怎么样呢？不过，他跟松子什么也没说。

“爸，今儿个好像是七五三[1]节呢。”松子说。

眺望窗外，有三位母亲正领着七、五、三岁大的孩子，走在村里的小河边上。

火车已驶出很远，松子仍回头望着他们。

朝井心里思忖，松子准是想起自己小时候的事，想着离弃她的母亲吧。

二

“秋意浓，红叶飘零洒满庭。”正如松子在京都茶会上看到的这首和歌所描写的，才离开三四天工夫，回来一看，镰仓家里的院子，也红叶飘零，落了许多。可是，镰仓的红叶不及京都的美，而且也红得晚。

因为松子家坐落在一个小小的山谷里，大门上的信箱，也洒上了落叶。

信箱里，有一封松子母亲化名的来信。

“是叫谁写的呢？”松子打量着信封上的笔迹。

即使是化名，要是信封上的字是母亲的亲笔，父亲也会认出来。山垣绫子这个化名，用的是松子同学的名字。但是信封的字，却不是绫子写的。倘若真绫子和假绫子同时来信，叫父亲看到了，字体不一样，想

1　日本儿童的一个节日。每年 11 月 15 日，凡三岁、五岁的男孩与五岁、七岁的女孩，都过此节，以祝贺他们的成长。

必会引起他的疑心。

松子把母亲的信从毛衣下面藏到怀里，回到自己的房间。

十一月十七日，镰仓近代美术馆开馆招待日那天，母亲说她要来。信上还说，希望十二点整，在八幡宫的舞殿那里见一面。

“十七号？不就是今天吗？真糟糕！”

母亲既然到了镰仓，难免碰上熟人。一想到母亲丢人的事，松子就会脸红。

可是，今天八幡宫里，里千家的掌门人淡淡斋宗匠要向神佛献茶。献茶大概会在舞殿那里举行。那么，松子便得在舞殿周围的人群里与母亲碰面了。

昨天夜里，松子本来已经把今天要穿的和服打点好。看过献茶之后，她还打算到茶会上去。要是穿一身艳丽的和服与母亲会面，那就太惹人注目了。这样一想，便换了一套黑色的西服套裙。

宗匠献茶是十点开始，母亲信上写十二点——松子磨磨蹭蹭不愿意动身，打算十一点半左右到八幡宫，便慢慢走着去。她不愿意遇见学茶道的那些朋友。

她站在进门的拱桥边，向院里张望。有四五个已过中年的女人，提着绸子手袋走了过来。一看样子，便知是教茶道的师傅。

献茶好像已经完毕。舞殿周围走来走去的人，大概是想看看归置茶具吧。

松子赶紧奔了过去，淡淡斋宗匠正上台阶，进神社办公室的门。后身略为显胖，没穿裙裤，衣襟下的白布袜甚干净。松子正瞧着，里千家的二少爷从旁边走了过去。

“啊！”松子险些叫出声来。

他随宗匠出来，本不足怪，可是三四天前，松子在光悦寺刚刚见过他，现在在镰仓又遇上了，再说，在京都看见他时，竟出乎意外，碰上了高谷幸二。

此刻，松子引目四顾，心想，别是幸二又出现了。

然而，幸二同里千家没有任何关系，哪儿会有这种巧合。幸二兄弟的影子依旧还盘踞在自己心头，松子不过是看到这个佐证罢了。

献茶的棚子还留在舞殿的台上。松子离开舞殿几步，在一棵大银杏树下等着。

母亲从右面高大的杉林中走到参拜道上，瞧着舞殿那边，没有发现松子。松子小跑过去，直到母亲能看见的地方。

母亲站住不动了，等着松子走过去。

“你爸他……”母亲先开口问道。

“我爸？”

松子一时张口结舌，答不上来，便重复母亲的问话。

母亲的意思大概是问候父亲的安好。未必在问父亲是否也跟着一起来。

“妈好吗？”松子反问。

“嗯，谢谢了。”母亲目不转睛地望着松子，“信是什么时候到的？”

“今天早上。”

“是吗？真险些儿见不到了呢。原想寄快信来着，怕给你爸发现，就没寄快信。要是我生个病什么的，连电话都不能给你打。”

母亲那黑黑的眼睛，好似湿润了。她并不是那种随便什么时候，碰见随便什么人就会流泪的人，可是，现在眼里显然含着泪光。她这个人，有时也会这样。

三

松子知道，母亲不是一个人来的，是跟她那位年轻的情人绀野双双一起来的。

绀野准是在近代美术馆里等着。母亲和松子会面的时间，究竟能有多大一会儿呢?

松子一想到自己同母亲会面，竟要背着父亲，还要背着绀野，简直像个被追捕的逃犯。

母亲或许意识到，自己呆呆地看女儿的模样，实在看得太久了，便说:

“很久没来了，镰仓可真好啊。”抬头望着黄灿灿的大银杏树上面的天空。“我想起，从前在家里时，每逢从东京回来，在镰仓站一下车，就大口地吸气，心里好舒坦。跟你也这样说过，对吧?现在这个季节，秋末冬初，镰仓正是好时候。”

“是呀，”松子点了点头，“不过，我还是常常央求爸，搬到东京去住。”

“你爸他怎么说?”

“他说没那笔钱置房子。”

“是吗?我不在了，松子也难得到东京一趟。你爸他照旧那么难伺候吗?”

“这个嘛，怎么说呢。”

“怕是比从前好些吧。我不在，家里有松子操持，大概一切都会弄得妥妥帖帖的。”

“怎么会妥妥帖帖呢。妈不在……”

母亲背过身子去，走下石阶，垂着头，松子望着母亲的脖颈。头发拢在上面，发际很短，脖颈看着很细，显得很年轻。

“不过，我倒觉得，我不在以后，你爸他一定是变了。两个儿子接连死在战场上，那次，他人就变得好厉害哟。那样子松子也见过，总该记得的吧？”

“嗯。”

“现在想想，要说呢，这话可有点儿不中听，这些年我过的日子，真跟奴隶一样。前一房太太，也是这么个情景。我八成是前房太太一手调教出来的，是学她的样儿。我也寻思，跟你爸，还有前房太太，咱们身份不比人家。再说，我在太太之后，前面又有两位少爷，就只有老老实实当奴隶了。一来敬重你爸，二来年纪又差得多，只有顺从的份儿，哪还顾得上抱怨。这样呢，倒也相安无事。二十年前女人的事，你松子现在哪儿会知道。”

“会不知道吗？”

“还是不知道的好呀。我也琢磨过，我这样做人，要是也传给了你，在两个哥哥面前总是低三下四的,那可就糟了。生你的时候,甚至还想过，幸好是个女孩儿。没料到，你两个哥哥都打死了。我好难过哟。前房孩子死了，自己的孩子倒留下来了不是？”

“那不能怪妈。还不是因为打仗！”

“不管怪谁，反正你爸死了俩儿子，这可是错不了的。打那以后，你爸他就变了。忽然对我特别温存，知道心疼我，他当时的心情，真叫我难受得受不了。我尽心尽力，从没把两位少爷当别人的孩子待，人都操劳老了。可是，人一死，对你爸跟我来说，一个是亲生，一个是继子，那份伤心，难道会有什么不同吗？就这样，我自己疑心起来，简直是坐立不安呀。因为亲生的女儿松子还活得好好的嘛！”

“那么说，为了哥哥他们，我也去殉死，妈就心安理得了吗？……”松子正半带调侃地说着，忽地一阵气愤，便说道：“哪有那种蠢事？妈在心里就一直这么折磨自己。”

“我要是一心一意只顾你爸，就会这么折磨自己。”

“妈太可怜了。”

“松子，”叫了一声后，又犹疑地颤着声音说，“生了你之后，本来还能再生。可是没生。”

“哟——”

松子好似挨了一记冰凉的鞭子，心口不由抽紧了。

“其实是，你哥他们死后，你爸叫我再生个孩子。”

“是吗？”

“我好伤心哟！这可不是叫你生，就能生出来的呀！”

“这话可太过分了，妈就那么老老实实听着？”

“你爸说，想要个孩子，我明白，是想要个男孩儿。我呢，能生，也想生来着。可是，妈心里好苦哟。”

松子由气愤转而对父亲感到憎恶。甚至认为，父亲犯了一个不可原谅的过错，那岂不是扼杀母亲的感情吗？

“妈的事，爸至今也没说过什么不是。他说，妈是个很有良心的人呢。”

“有良心的人……”

“嗯。可是，他竟然污辱了一个有良心的人的心灵。”

“那倒没有。不过，还有好多事，以前一直没告诉你。”

松子颔首问道：

“妈现在怎么样？”

母亲只轻轻摇了摇头。

松子原打算问，现在幸福吗？

有六七位小姐，穿着华丽的和服从松子她们身边走过。

“像是去茶会哩。”母亲说。

“方才在这儿有里千家掌门人献茶来着。她们大概是从茶会上回来的吧？”松子目送着那几位小姐。“除了这儿的茶会，还有四个茶会分散在城里，会员包了大轿车往各处跑。”

四

献茶式的第二天是星期日，在长谷大佛殿，有每月例行的镰仓茶话会。

茶话会既不喝抹茶，也不饮煎茶，而是一面品尝各国名点，一面随意闲谈的集会。会员有三十多人，都是住在镰仓的作家、画家、音乐家和演员，另外还有美容师和西服裁缝。也有像松子父亲一类的实业家。

这个月的糕点是由下谷武隈做的秋什锦。每位客人面前放着一只银座的平塚制作的小竹篮，里面摆着做成秋天落叶形的脆点心。有枫叶、银杏叶、樱叶、松叶、常春藤叶、菊叶等形状，上面配以银杏和松露。银杏有两个，一个带壳，一个不带壳。枫叶则一枚红的，一枚黄的；松叶是，一枚发黄的，一枚发红的。装点心的小篮子像山村用的捡柴筐，颇有野趣，筐上还有背带。

会员中精通点心的行家谈起什锦点心来，把各种树叶形的做法，和上色的技巧，说得周详备至。可是，这种用心细巧的优美传说，正日益失传，不由得令人叹息。

散会之后，出了大门，松子无意中一抬头，见大佛[1]的侧面庄严雄伟，露在墙头上。天空已经暮色苍茫，大佛显得暗幽幽的。

“这会也好些日子没来了，来看看倒挺有意思。”父亲对松子说，“昨天的茶会怎么样？”

“嗯。”

因为和母亲约会，结果便没有去茶会。所以，松子拿不定主意，究竟要不要告诉父亲。

“他们说发了七百张会员券，大概就跟上下班时的电车那么挤。听说品茶时，一个挨一个，坐了三排。”

“那比光悦会还要挤嘛。”

松子的话里，已经暗示自己没去茶会，可是父亲似乎没听出来。

父亲用左手提着小竹篮上的背带，一面走，一面欣赏篮子里的什锦点心。背带是用竹篾编成的，挺细巧。

松子也学父亲的样，把竹篮提到齐胸处。同样东西有两种，真想分给母亲一份儿。觉得这点心就跟母亲一样温馨。

“在京都若是多待上两三天，等看过红叶再回来就好了。是看到这点心，才有这念头的。真是本末倒置啊。”父亲笑了笑又说，“坐了幸二君的汽车，连谢都没谢一声就回来了。心里一直惦着这回事，所以，昨天给幸二君打了电话，向他道了谢。听说是跟他嫂子一起去的京都。车里

1　即镰仓大佛，位于长谷高德院内，系阿弥陀佛铜像，高 11.36 米，铸于 1252 年。

放的女外套大概是……”

松子只管低着头。

“说是他哥哥的病仍不见好。老公病在床上，倒跟着老公的弟弟去京都玩，宗广君的媳妇也不像话啊。”

幸二的哥哥宗广甩了松子，同卷子结了婚，然而，没出三天便吐了血，打那以后一直卧病在床。

温情脉脉

一

朝井家是用煤气炉取暖的。

父亲的起居室、饭厅和客厅，一共有三个炉子，一个月的煤气费超过了四千五百日元，松子在付款之前，先去起居室告诉父亲。

“是吗？那不挺好吗？冬天你都没觉得冷。这是人工对自然的胜利呀。”父亲说。

松子释然地笑着说：

“既是人工的胜利，那就算啦。”

“比比纳的税，便宜多了。煤气费还不到税款的十分之一，可是，国家能不能像煤气炉那样给我们温暖却是个疑问。煤气炉倒是实实在在能让我们暖暖和和的。”

收款人正等着，松子站起来刚要走开，朝井又将她叫住说：

“松子，还有话要说，回头来一下。”

“嗳，就来。”

等松子回到起居室，隔着炉子坐下来说道：

“我把您关于国家和煤气炉的话说给收款人听，他好高兴呢。”

父亲靠着地炉旁的小几，没有火盆。煤气炉正好烤着他的后背。

这间只有四席半大的房间，朝井既不叫茶室，也不叫书房，而是称作自己的起居室。地炉上坐着一个带梁的铁罐，像把铁壶似的。

“我说的国家和煤气炉的事，的确是个疑问哩。炉子暖和觉得出来，国家的冷暖就无从知晓。至少炉子不会把我两个儿子征走杀掉吧。虽说忘记关上煤气阀，睡着了也是会死人的。”

“瞧您说的，爸！”

“当然，点着火，火苗着着就不要紧。”

“水好像开了，给您点杯茶吧？”

“好吧。本来说好今年冬天买只茶釜,结果一直用这只铁壶凑合……”

松子从父亲身后的壁橱取出点茶用具，拿开水正烫着碗，朝井说：

“你妈的那团火，这一向怎么样？”

“什么？”

松子抬起脸来。

“那也跟煤气一样，火一灭，就有毒，岂不危险？”

松子一声不吭，水杓直颤，开水洒了出来。

“松子！最近见过你妈吧？”

松子的手抖得厉害，茶刷碰到碗边上的声音使她一惊。

“茶道讲从容镇静……”父亲戏谑地说，语调也放和缓了。“别把茶碗敲坏呀！”

手腕子仍旧不听使唤。

“或许是客人不好也难说。庵内庵外不得闲谈世事，此为古训。《南坊录》[1] 上这么说的，是不是？”父亲两手握着筒形茶碗说，“不过呢，这儿既非草庵，也非茶室。有煤气炉的茶室，想必是美国式的吧。美国人占领了日本，冬天室内的温度，可真叫日本人惊讶得了不得哩。当然喽，这并不是说寒冷的茶室文化就低……”

松子这才松了一口气，眼中好似含着泪水。

“话又说回来，茶室里毕竟暖和一些的好。《南坊录》上还说，茶室应冬暖夏凉，炭火须能沸水，茶宜甘醇可口，此乃点茶之要诀。其实，所谓温暖，并非指实际室温，煤气炉要烧得多暖和，而是指待客之心与待客之法，使人确乎感到温煦宜人。”

“爸，趁茶还没凉，您快喝吧。”

“嗳呀，抱歉。”父亲啜着茶，“方才我要跟你说的话，关于你妈的事，本意上可不是什么‘闲谈世事’。是要说说心里话。打算‘温煦融洽’地说说你妈的事。”

“是。”

“去看过你妈吧？”

“看过。”

巧舌如簧，来套真情，但松子丝毫没有怀疑父亲。只不过，心里有些惴惴。

“给八幡大神献茶那天，见了一下。”

“什么？道子到镰仓来了？在镰仓……”朝井眉毛向上一挑，“她竟不顾羞耻，到镰仓出席茶会来了？”

“没到茶会上去。就在八幡宫石阶下面。”

1　日本的茶道著作，由千利休的高徒南坊宗启所作，共九卷，其中后二卷为立花实山所续写。

“在石阶下面……你们事先约好，在那里碰头的？”

“这就是爸您所谓的要讲心里话吗？”

镰仓又不是你朝井家的“领地”……妈上镰仓来，这点自由都没有吗？松子很反感，真想回敬父亲一句：“茶道讲从容镇静！”

母亲要坦率得多了，还问候过父亲呢。

母亲到镰仓来，松子当时也觉得像见不得人似的，那是怕引人注目，怕别人风言风语。在镰仓犯了罪就不能到镰仓来，难道母亲是那种人吗？

母亲现在的情人约她来近代美术馆，看塞尚[1]和雷诺阿[2]的绘画，要是她拒绝，说镰仓是她前夫住的地方，不肯来，又会怎么样呢？

“那次献茶是刚刚从京都回来后不久的事。是去年十一月吧？打那以后，再没见过你妈吗？”

“没见过。”

朝井没把茶碗还给松子，自己又斟上开水，慢慢地呷着。

只要拿出这只赤乐茶碗，朝井就常常拿来喝水用。就像品淡茶一样，两手捧着茶碗，从喝水的神态，松子有时能看出父亲的老态。

二

母亲就像煤气一样，点火就着，父亲说这话准是指母亲同绀野相恋的事。父亲想问的，大概是母亲她幸福不幸福吧？

要么，母亲同绀野的事，父亲或许压根儿就不认为是真正的恋爱，

---

1 塞尚（Paul Cézanne，1839—1906），法国后期印象派画家，西方评论界称其为“现代艺术之父”。代表作有《圣维克图瓦山》《玩纸牌者》《大浴女》等。

2 雷诺阿（Pierre-Auguste Renoir，1841—1919），法国印象派代表画家之一，擅画丰满美艳的女性，代表作有《雨伞》《红磨坊街的舞会》《浴女小憩》《游艇的午餐》等。

也不是正常的幸福。

烈焰熊熊之际固然好，可是一旦熄灭，就会变成致人死命的有毒气体。莫非狂热退潮之后，母亲会自杀不成？也许父亲担心及此，松子心里这么嘀咕。父亲的担心，似乎也传给了自己。

“从去年十一月算来，也快三个月了。这三个月里，你为什么不看看你妈？”父亲又问。

“您问为什么……”松子一时答不上来，便反问道，“您为什么问这个呀？”

朝井不由一怔。

“你倒打一耙！”

“您的意思究竟是，不能见，还是不见不好？人家弄不清楚嘛。”

“嗯，都有。哈哈，你是想顺着我的意思回答，便先探探口风，好狡猾的丫头！”

“哟，探口风，那是您呢，爸！”

“是吗？”父亲笑了，松子也笑了起来。

“不过，我没见道子。道子也没见我。可是松子既见了我，又见了道子。从这个立场上来说，松子变狡猾，岂不是顺理成章的事？如果我想知道道子现在的情况，除了探松子的口风，哪儿还有别的办法。”

松子低着头，沉默了一会儿说：

“在八幡宫，跟我妈碰头时，她一见面就问，你爸他好吗……我一时不知怎样回答才好，便反问，妈好吗？”

“你好来这一手，以其人之道还治其人之身！年纪轻轻的，可是坏毛病。双亲离异，女儿就变成这样子了。”

“瞧您说的。”

“对你这一手，你妈她怎么说？”

“只说了一句：谢谢了。过了一会儿我又问一遍：妈现在怎么样？她轻轻摇了摇头，没言语。”

“是吗？”

朝井抬起手，慢慢来回摩挲着后脑勺。

大概是煤气炉正从背后烤着他那光秃秃的大脑袋，有点发烫了。松子很想摸摸，看父亲光溜溜的后脑勺有多热。可是，粗粗的脖颈，直到头上都堆着松弛的厚肉，即便是自己的父亲，也觉得腻味。

“我同道子已经没了缘分。对吧？”父亲从容不迫地说道，“可是你妈和你，可没断了母女关系。哪怕在她做出错事的当时，我正恨她的节骨眼上，都没说过这种话，叫你跟她断了母女关系。一来，要断也是断不了的；二来，她待两个继子确实不错。两个儿子虽然没死在她身边，可是临终前,心里准会感谢他们继母的。这是毫无疑问的。一想到这一点，不论我多恼火，多恨她，也从来没打算让你这个亲生女儿同她分开。”

父亲的这番话，松子一时还不得要领。

“尽管是继子，哥哥他们从小跟妈就是母子关系，有十五年之久呢。”

那些岁月里，母亲究竟付出多少牺牲，恐怕连松子也不知道。

“说得正是呢。简直就不像是什么后娘。”

“事到如今，还提这种事，就因为爸还恨妈的缘故。”

“我本不想那么一味地恨她，可你妈难道就没做招人恨的事吗？”父亲从头上放下手，往茶碗一面倒开水一面说，“不是她扔下你不管，自己出走的吗？反正，现在提这些事也于事无补。不过，我想说的是，松子你的立场。你同我是亲骨肉父女情，同你妈，也是亲骨肉，母女关系。即使同你死去的两个哥哥，也是同父同胞亲手足。”

松子点了点头。

“你两个哥哥还在世，你妈也还待在这个家的时候，只有你一个人——松子，同这四个人具有血缘上的连带关系。如今，你哥他们死了，你妈也离家走了，尽管如此，松子的立场也是改变不了的。原先家里的四个人，死的死，离的离，惟独在松子的血液里，心房里，想必还应保持着这个纽带的吧。也就是说，我的意思是，希望松子日后能为我们四个人祈冥福，念佛号。”

松子望着父亲。

“就说我吧，万一这儿的血管扑哧一断……”朝井又摸着后脑勺说，“后事岂不全要依仗松子吗？”

“别说了！爸……”

“说着玩儿的。我的危险不过是脑溢血。猝然就会送命，对于死人，用不着担什么心。偶尔能想起他就够了。但是，你妈的危险，似乎有许许多多。倘若有朝一日，你妈她想抓住你不放，我已打定主意，不会妨碍你们娘儿俩的。你也不必再背着我，偷偷去看你妈。因为你呀，就处在人生的这种位置上，有了这样的人事关系。”

松子觉得，父亲喝着的热水，仿佛流入自己的心田。

“你妈她一旦求救，或是寻找安慰，除了你还有谁呢？我要是得了脑溢血，那是谁都爱莫能助的。至于你妈，能帮就帮她一把，往后说不定会有这种机会的。”

“明白了。我妈她一定会高兴的。”

“难说。我倒不想博得你妈的高兴。我说这番话，也没有要你告诉她的意思。我只不过不愿意让你左右为难罢了。想尊重你的这种人事关系，让你能随心所欲自由处理。正像你自由恋爱一样，对父母的爱，也以自由为好。”父亲接着又说，“不过，在我和你妈之间，我可不希望你充当什么裁判或是间谍的角色。我明明白白先告诉你。只有这一点，咱们得一言为定。怎么样？决不能拿自己的感伤,来约束我这个老头子,懂吗？”

“懂了。”

松子语声哽咽，什么话也说不出来。

要是一动不动地坐在那里，保不准会哭出声来，于是，拿起茶盂走开了。

三

母亲自己说以前过的是“奴隶般的生活”，以及两个前房儿子死后，她有多伤心，松子真想把这些事半带抗议地说给父亲听，结果竟一声都没言语。

回到起居室,父亲已经枕着胳膊躺了下去,把盖腿的小毯子盖在身上。

松子瞧了瞧炉内的火，问：

“给您铺上床吧？”

“好吧。然后，叫个按摩师来。”

松子从院里摘了一枝红梅，把起居室里的花换了。

父亲接受着按摩，睡着了。

父亲愿意“温煦融洽”地跟松子谈母亲的事，就是说，允许松子自由地去看母亲，恢复她们母女间的亲密关系，在告诉松子这话之前，他思前想后，心里一定很痛苦，很寂寞吧。

松子的哥哥战死，母亲感到难过，其中难免掺杂着那种对继子的怜惜，这跟父亲的悲哀恐怕是截然不同的。也许父亲因为丧子之痛，打击之深，日益加剧，由此想到让分离的母女重新连系在一起也未可知。

父亲只要在家，便常常蛰居在这间四席半的小房间里，睡觉也在里面。

要是有母亲在，这间摆着桌子、小橱和炉子的小房间，便铺不下两个被窝了。从前，他和母亲两个人的时候，是在十张席的大客厅里休息。

松子思量道，把一间狭小的起居室当成卧室，父亲内心的那份寂寞，哪怕从感觉上，自己也是知道的。

松子不禁回想起，一个阴雨的冬日，在有乐町的车站上等候高谷宗广，竟等了三个小时。报社外面电屏幕上的新闻，也不知看了有几十遍。上面的文字朝一个方向不断转去，那一条文字同松子的目光之间，隔着纷纷雨丝和冰粒，松子终于死了心站起来，可是两脚已冻得不能走路。她不该一直坐着不动。倘若只等半小时或一小时，还可以在月台上来回走动走动。然而，要等两三个小时，那就只好枯坐在那里了。就算是宗广，也不应让她等上三个小时。明知他不会来，可松子总想：万一呢？结果便一直等了下去。

小腹冻得冰凉，一到家，母亲就说：

“做女人，这就仁至义尽啦。”给女儿喝了葡萄酒。

如今，母亲同一个年轻男人住在公寓里。

就像当年曾经死心塌地对父亲那样，如今母亲是不是又成了绀野的“忠实的奴隶”了呢？母亲同父亲年纪相差很大，同绀野也相差了不少。年纪的差别，一前一后正相反。这是不是也说明，母亲是个不幸的女人呢？

母亲是父亲一个远亲的女儿，家道破落，由父亲收养，做了女佣。

“我也寻思，跟你爸，还有前房太太，咱们身份不比人家，”母亲曾对松子这样说过，“我是由前房太太一手调教出来的。”从这些话里也透露了一些情况。

绀野是松子的哥哥敬助的同学。

敬助战死之后，曾将他的日记、书信、诗歌等整理成书，作为《英灵遗文集》中的一种，自费出版。当时担任编辑的，便是绀野。想到出版这个主意的，则是母亲。

敬助的遗文中，表现得最强烈的是对继母的感谢与爱慕。

他的战地来信，也多半是寄给母亲的。他那高昂的调子，倾诉般的语言，母亲总是以慰问信的形式回复。所以，敬助的一片真心，母亲不会不知道。

然而，敬助死后，母亲看了他的日记，异常感动，甚至都有些心迷意乱。她还从来没有经受过这样纯真的爱的表示。一向过的都是隐忍顺从的生活，而如今，母亲觉得，简直是一片光辉灿烂。

看了敬助的遗文集，儿子对继母的敬慕之情，父亲也惊讶不已，对妻子开始另眼相看，体贴温存。甚至对女儿说过，妻子是“有良心的人”。

打那时起，直到战败，绀野成了家里的常客。看起来母亲好像希望松子能同绀野结婚似的。

可是，父亲却语气激烈地说：

“我讨厌那家伙的眼神儿！”对父亲这句话，松子也有同感。

再说，那时她正爱着宗广。

母亲为了绀野离家出走，松子觉得母亲似乎有种令人痛惜的错觉。

现在，虽说得到了父亲的允许，可是，要到绀野的公寓去看望母亲，终不免有些游移。

然而，能无所顾忌地去探望母亲这件事，毕竟使松子心里感到了自由。跟宗广失恋的痛苦，仿佛也能摆脱出来。

松子打算去探视一下宗广。

他现在正在镰仓与江之岛之间的一家疗养院里。

拿茶花的人

一

因为江之岛电车是单行线，在车站上等错车，要等很久。

松子从车窗里望着车站上面的人家。

那家院子给削成一道峭壁，峭壁下面通了路，修了车站。父亲的朋友木崎就住在那上面，所以，每当电车停在这个车站，松子总要抬头去看木崎的家。松树掩映间，有一幢狭长的平房，一道茅草葺的柴扉。

松子刚抬头往上看，几乎与此同时，木崎出现在柴扉内。左手拿着邮件，大概是从门上信箱刚取出来的。就地撕开信封，便站在那里看了起来。右手拿着一小枝茶花。只有一朵花。他用拿花的那只右手，展开卷着的信纸。

“木崎先生！”松子几乎要纵声喊出来。离得那么近,只要打开窗喊，他自然能听到。

木崎老人为什么要拿一枝茶花呢？是散步回来，顺手摘的？松子从车内看过去，觉得很有趣。要摊开卷纸，手上拿花碍事，本可以扔掉的东西，他却没有扔。

木崎一边看信，一边慢慢走起来。头上没戴帽子，穿了一件长披风。

因为住在铁道旁的山上，人又在自家的院子里，所以，木崎对电车一点儿都没在意。想必连手上的茶花也给忘了。

木崎走进房门，他年轻的妻子正领着女儿出来。一路小跑出了院子，消失在门外。那轻盈的步履，显得很快活的样子。母亲穿了一件跟女儿同样颜色的毛衣。

女孩儿的名字，松子一时没想起来，便自言自语地说：

“有七岁了吧？”

木崎家一家三口，谁都没发现电车里有人看着他们；他们出现在松子视野之内纯属偶然，这一点，松子觉得很有意思。

木崎比松子的父亲年轻，但也快六十了，他的第二个太太连三十还不到。依松子父亲的说法，像木崎太太这样无忧无虑，没有任何不满，死心塌地信赖丈夫，全凭丈夫做主，是十分少见的。

“木崎对他那位年轻太太也是百般疼爱，他太太也放心撒娇。他们的幸福很牢靠的呢。看到这对夫妇，说不定女人嫁个老男人倒更好。”

“才不呢。”

“在松子眼里，男人一到三十，就快成老头子了吧？”

“嗯，可不是嘛。”

“那就没办法了。”

“夫妻像父女似的，不论怎么说，总归别扭。”

“不过，夫妇之间，也说不出哪儿，总有点类似父女母子之处。有时，丈夫存心当父亲，有时，妻子存心做母亲，否则，就不会融洽。甚至还有二十岁的妻子揪着六十岁的丈夫说，这是我的小乖乖。”

“哎呀！真叫人肉麻。”松子缩起了肩膀。

“松子有时不是也把我当孩子哄吗？”

“我可没把爸当成我的小乖乖呀。”

“嘴上没说，心里也该这样想过吧？即便没想过，不知不觉间，也把我当孩子一样对待吧？”

“真的吗？”

松子有些难为情起来，眼里仿佛有些朦胧的样子。

“女儿对父亲，往往也会生出一种母爱。特别是母亲一不在，父亲变得很可怜的时候。”

“父亲也可以像木崎那样，讨个年轻太太好啦？”

“说来太迟了。但是，现在只有咱们父女二人，只怕要耽搁你的婚事哩。”

“哪儿的话……”

“女孩儿还是不要太恋父的好。恋父的女孩儿结了婚，有时跟丈夫会相处不好。所以，难伺候的父亲，讨人嫌，女儿婚后反而会美满。”

松子默然不语。

“可是，剩下父女两人，要当个坏爸爸，似乎有些不忍。”

“我没那种恋父之情，不要紧的。”

“是吗？婚后要是觉得父亲比丈夫还好，我大概又是喜欢，又是伤脑筋的。”

“不过，那是两回事。”

“父亲和丈夫？当然是两回事，可是有的地方则是一回事。女人家的内心深处……像木崎太太，她自家或许都没意识到，把丈夫和父亲当成一个人，觉得很心安理得也说不定。”

“会不会仅仅是因为生活安定的缘故？”

“生活要是不安定，年轻也罢，美貌也罢，岂不一切都无从谈起？”朝井望着松子说，“先同年轻小伙儿谈情说爱，然后嫁给老头子，最后又同年轻小伙成亲，说不定还真是其乐无穷哩。”

“其乐无穷也办不到。倘若松子说，要嫁一个老头子，难道爸不觉得别扭吗？”

“别扭！叫人恶心！”父亲皱起眉头说。

“是恶心吧！”

“自己的女儿这么做，觉得恶心，可是看了木崎夫妇，却感到很纯净、平和，真是怪事。世上竟有这样的幸福。也许木崎和他太太由于人品的缘故。两个人人品高尚，年龄便算不得什么，还会给人以好感。”

“如今跟从前不一样了，年龄即使差上个二三十岁，太太也不觉得难为情……”

“可不是嘛。丈夫是个老头子，年轻太太会更加老实听话。”

“哟，只有您才这么看呢。”

松子本还想说，“因为您羡慕木崎先生”，可是没说出口。

听起来，父亲的话像半开玩笑，半正经。他说起木崎的小太太，心里准是想起了松子的母亲。所以，松子应答之间，很难做到轻松自如。

松子的母亲也曾经是位年轻的太太，可是父亲却未能像木崎那样，对青春年少的妻子，明朗真率地加以疼爱。说得过分些，简直是在压抑，甚至在扼杀妻子的青春年少。松子从幼长到大，一直以为家里幸福和睦，然而，如今母亲投奔到年轻的绀野怀里，父亲过去对母亲的所作所为，松子不禁要产生疑问。等父亲想到要钟爱妻子的时候，妻子却离家出走了。这也是父亲冥冥中得到的报应。

“木崎确实是个德高望重的人。”父亲说，“他好似没有任何竞争心，自然天成，便获得了成功。工作上，地位上，从来没跟人争过抢过。反倒总是平平安安，步步高升。说到他那年轻美貌的妻子，在他看来，宛如老天爷所赐。至于现在住的房子，也同样如此。挨着铁道，又小又脏，对木崎来说实在太简陋了，可他却住得挺称心。你瞧着吧，总有一天，有人找到了好房子，会请他买下来住进去……木崎便欣然搬进去。钱财他统统交给妻子，妻子给的零用钱，也绝不会叫他紧巴巴的。要说是老天爷赐给木崎一个美人儿，那么，倘不叫美人儿过得幸福，岂不是辜负了老天爷吗？”

“天赐一位好太太？”

“木崎太太看上去幸福，想必是个好妻子。除此之外，还有什么尺度，能够判断妻子的好坏呢？”

“哟，爸，您总归以男人的眼光去看，也太专断了。”

“也许是吧。好在对女人的看法，我已无须去改变了。要是老天爷赐我一个美人儿，我再重新考虑吧。”父亲把松子驳了回去，便侧着躺了下去。

所以，松子这才从车窗里去看那对幸福的夫妇。电车因要错车，停了老半天，又恰好木崎和他妻子出现在院子里，松子觉得似乎不是偶然的偶然。

松子想起父亲的话，对木崎这对不知自己正被人家窥视的夫妇，不禁浮起一丝微笑。

本来去探视宗广，是满心的彷徨、不安和痛楚，现在这沉重的影子好像减轻了一些。

松子的心思是，再去见一次宗广，或许能同自己内心深处的宗广作彻底的诀别。

可是直到上电车，松子仍在犹疑不决，由于看到了木崎一家人，心情多少缓和了下来。

二

电车到了七里滨，右面山冈上的小松树林，轻烟缭绕。疗养院应该在那前面。小松林里，地面上也是一片沙石，从车窗望出去，能看见一长列屋檐。灰沙弄脏了松树，树叶的颜色显得有些儿枯黄，也许是季节的缘故吧。

虽说时近三月，可是因连阴天气，较之一月还要冷。登上直通沙丘的石级，松子走进疗养院，经过一条长长的走廊，感到脚上那双医院的旧拖鞋底上，好像也粘了沙子似的。

护士台只告诉病房号，不管去通报。所以，对宗广来说，松子来探病，完全出乎意料。

一敲门，便响起宗广的声音：

“谁？幸二？是妈吗？”以为是弟弟或是母亲，宗广没有起身。“谁呀？……卷子？”

如果是弟弟或母亲，敲敲门不等里面答应，便会推门进来。感到门外的人似在犹豫，宗广却喊了妻子的名字卷子，这究竟是怎么回事呢？

听见宗广叫他妻子的名字，松子不能再站下去，便推开门。

“啊，是松子……”

宗广从枕上抬起头，凝视着松子。

松子拿着一束康乃馨。

对于花的象征含义，松子并不十分了然，但她觉得，粉色的康乃馨似乎是爱情的表示，因此，买的全是一色的白花。她也未尝没想过，买点水果或点心之类。送吃的，万一宗广不吃，她又不情愿。尽管宗广对松子拿来的东西不会忌讳嫌弃到不吃的地步，可在挑选这点小礼品时，松子依然掂量再三，使人感到其中有女人的某种不便。

松子的左手拿着那束白花，很自然地放在齐腰处，然而，一碰到宗广的目光，手竟有些发僵，不由得把花稍稍举高一点。

宗广的目光又似惊愕，又似惶恐。惶恐只是一瞬间便消失了。眼白发青，大概是生病的缘故。

“倒难为你知道我在这里。”说着，宗广将侧脸挨到枕上。

“是我父亲听幸二说你在这儿，便想来看看你……”

“是令尊听幸二说的？是吗？那谢谢了。”

“觉得怎么样？”

“打算开了春就出院。我马上就起来，你稍等一下。”

“你用不着起来。”

“我倒不是逞强非起来不可。因为天冷，才那么躺着。每天起来，只要天气好，还到海边去呢。”宗广故意抬杠似的说，“真没想到，你会来看我。你呀，我死了都不敢有劳大驾，请你来给我送葬的。听说我情况不妙，趁我还没完蛋，才想到来看我一次，是不是这样？”

“这是怎么说的！”

“令尊是几时听幸二说的？”

“从京都回来之后，去年的十一月。”

“十一月？……十一月，我正不大好。从十一月到现在，来不来探病，竟考虑了三四个月的工夫？”

“早就想来了。”松子眼泪汪汪地说。

“是吗？可是，我应该以什么样的心情，接受你的探望呢？这得请你告诉我。——要我向你负荆请罪？为自己辩白？回忆往事？还是忘却一切？——”

“你是在问我吗？”

“我是罪有应得呀！现世报哩。”

“我可没有惩罚你什么。只是你自己走掉了，一切也就了结了。”

“你是说，你就那么无动于衷地看着这些？”

“无动于衷？”

“我每天尽可能无动于衷地看海……这也是为了养病。”

“对我，你也尽管无动于衷地看着好了。”

“不过，你一定在恨我，或是可怜我吧？这一来我就不可能无动于衷地看待你了。”

“对爱过的人，过后去恨他，或者可怜他，那我办不到。因为我是女人……做女人，这就仁至义尽了。”

松子说了母亲说过的一句话。她想起自己白等宗广一场，回来时母亲对她说的这句话。

“你一味说什么无动于衷，说不定我倒真要变得无动于衷了呢。”

“总而言之，站着的人同躺着的人，不成胜负。”宗广调侃地说一句，一使劲坐了起来，吓了松子一跳。

“起来行吗？我该告辞了。”

“那就无动于衷地送送你吧。”

宗广下了床，当着松子的面，脱掉华丽的睡袍，然后又满不在乎地脱下里面的睡衣。

松子转过视线。宗广里面穿着衬衫，但像裸着身子一样。松子顿时意识到，自己曾是宗广亲近过的女人。

她走到病室一隅的小桌旁，背朝着宗广，把康乃馨插进玻璃花瓶。让心里的慌乱平静下来。

“是花啊？”宗广走了过来，提着一只水罐。松子接过来，一抬眼，宗广的衬衫后背松松垮垮，全是皱褶。

从前也是这样松松垮垮的衬衫，她曾帮着掖在裤子里，摩平皱褶，回想起来，不由得一阵心酸。

花瓶里灌了水，浮起尘埃。松子将污水倒在窗外，重新换上水。桌子上也有一层薄薄的灰尘。

松子感到病室里有种说不出的荒芜。固然与房屋建筑、季节气候有关，更因为看不到人心内在的丰润。

宗广穿上毛衣，胳膊伸进外套的袖子，松子不用看也能知道那样子，她又想起往常帮他穿大衣的情景。

“让你久等了。”宗广说，松子转过身对着他。

“比从前胖了吧？”

松子点点头。宗广站在面前，他那高高的身量，使她切实地有种压迫感。

“也许已经胖得发虚，晒晒黑，多少遮掩一些。”

两条浓眉没有什么变化，只是下眼睑有点松弛，微微发黑。嘴唇的颜色依旧很漂亮。

松子寻思，该不会送到电车站，要赶我走吧？然而，宗广却从马路上走下一个很陡的水泥台阶，朝沙滩那边走去。

“是高跟鞋吧？穿高跟鞋在沙滩上不好走。”回头看着松子说，“走在沙上，鞋后跟会在沙滩上留下很深的印。”

“是吗？”松子回头望着自己的脚印，“你看过谁的脚印了？”

想必是他妻子卷子来探视时的事吧？

“一对一对，漫步沙滩，每天多得数不清。我是坐在沙滩上休息，目送人家的脚印，渐渐也就分辨得出穿高跟鞋的脚印了。”

“是吗？”

“因为无聊嘛。”宗广自嘲似的耸了下肩说，“你说在京都遇见了幸二？”

“遇见过呀。”

“幸二说过什么没有？”

“没有。”

“不跟你结婚，为什么倒同卷子结了婚，此中原委，看来，非说不可了。”说着，宗广凝目望着大海，动也不动。

日光惨淡，水面上阴森晦暗，水天一色，难以辨认。

海上落日

一

宗广远眺大海，蓦地一回头，正遇上松子的目光。

宗广便将目光闪开，去看疗养院的屋顶。松子也回过头，随即看到那屋顶。

“好不容易能走到这海边来的时候，头一次从这里回望医院，当时真觉得不可思议。平时总是从医院的窗口，看大海和沙滩的。”宗广说。

“那是什么时候？”

“头一次到海边来？——去年的九月底吧？当时我没同你结婚，但也不是跟卷子结的婚，而是同那医院的屋顶结了婚。同医院的屋顶结婚，你明白我这话的意思吗？”

“不明白。”松子垂下目光.以为他随便说说,反而不便正视他的面孔。

“婚后没过三天，我就吐血躺倒了。听说了吧？”

松子点了点头。

“你准是想：活该！报应！是不是？”

“你以为我会那样想吗？”

只有满腔的悲哀。可是松子没有这样说。因为宗广的话，听起来真像出自一个冷漠寡情之人的口。

“我的身体本来是不能结婚的。”

“什么不能结婚，没有的事。”松子说。女人可以同残疾人结婚，甚至同死人结婚。有的女人，相思之深，同出征打仗一去不归的人结婚。也有的女人为履行当年的山盟海誓，同战场上回来的遗骨结婚。

“你没同我结婚，真是万幸。”

“是吗？刚结了婚，就让人家弄得怪怪的，我很伤心。”松子望着别处说。

“病人要不变怪，那太难了。”

宗广嘟囔着，一面坐到沙滩上。

松子依旧站着。黑外套在腰的上部收得很紧，好像箍在腰上似的，宗广抬头盯住那细细的腰肢。

松子轻轻躲开身子，忽然想起一句话：“没有性爱的爱情，随时都会告吹。告吹之后，什么都不会留下。”这是明治作家小栗风叶的小说《变心》中的话。从前看到这句话很反感，觉得不近情理，所以记得很清楚。

那么，有性爱的爱情，告吹之后，又能留下些什么呢？

纤纤细腰被人瞧看，这同女孩儿家单纯的羞涩不同。然而，究竟留下些什么呢？收腰式的外套前后身都有衬，下摆舒展开来，小巧的立领包住脖子，显得活泼潇洒。除了宗广，没有一个男人会不把她当作纯真的少女看。连松子自己也觉得似乎又变回那样的女孩子了。但是，只有宗广一人知道全部底细。松子害怕他那双眼中所蕴含的意思。

“在京都，听幸二说过什么吧？”宗广又问了一次。

“没有。只是在光悦会上见了一面。”

“他是个浑蛋。也不知听他嫂子说了什么，就陪着去了京都。结婚没几天，丈夫就病倒了，大概是想安慰他嫂子吧？他以为，自己要是不去安慰，嫂子就会跑回娘家去了。卷子和他在一起，你见到了吧？”

“没见到。”

“用不着瞒我。”

“我瞒你什么了？”松子声音发颤。

只是看见卷子搭在后车座上的围巾和外套罢了。当时她凭直感，那或许是卷子的东西，松子心里竟莫名其妙会乱成一团。

此刻没有必要向宗广提围巾和外套的事。但是，比起此刻同宗广会面，在车里看到卷子的围巾和外套，倒似乎更刺痛她的心。难道是无意中的妒火在发作吗？

现在，自己不成了背着卷子，来与宗广相会吗？松子弯下腰，手撑在沙上坐下来，两脚朝宗广看不见的方向伸出去。

二

夕阳照着大海，从江之岛那边潋滟而流。一缕余晖，熠熠闪光，好似随着滚滚波涛，流向宗广和松子这边，但是，未及沙滩，便在两人前面的水际隐没而去。

宗广抚着一侧的脸颊说：

“你哥哥的信，也没听幸二说过吗？”

“哥哥？”

“是你的哥哥呀！小哥哥照雄君……他同幸二是同学。从战场上寄来的。就是那封信。”

“没听说过呀！”

“什么都没听说过！”宗广自嘲似的笑了笑，便沉默了下来，过了一会儿，“那是照雄君战死之前写给幸二的。信上说：你能不能娶我的妹妹？”

松子一怔，望着宗广。

“照雄君是希望幸二和你结婚的。你不知道吧？”

松子屏住气，摇了摇头。

“当时你还是个女学生。”

“那封信，你知道，是吗？”松子反问一句。

“弟弟给我看过……他比照雄君还小两三岁，天真无邪……”

宗广与松子相爱之前，以及相爱之时，关于照雄的信，始终没露口风。直到如今，分道扬镳了才说出这件事。

松子也没听幸二说起过。因为照雄已经战死，寄给幸二的信，自然就成了遗嘱。那么，幸二是怎么看待这件事的呢？松子成了他哥哥宗广的情人，这其间他又是如何想的呢？

松子想回忆一下，自己当年做学生时同幸二交往的情景。宗广打断了她的回忆，说道：

“照雄君大概是因为去国离乡，出于感伤才做那样的空想的吧。你的两个哥哥，从战场上寄回来的信，所倾注的感情，岂不都挺离奇？敬助的信，你母亲给出版了。回想起来，收到那本遗文集，我拿给父母看过。双亲都对我说，这样的母亲，她女儿，你趁早丢开手。因为我同他们说过：我要同松子小姐结婚……看了敬助的信，那绝不单纯是继子同继母之间的寻常感情。我老娘曾这样说过。”

“什么话！”松子为之愕然。

“并不是我怀疑……”

“说得太过分了。想得那么下流。敬助哥哥只是钦慕母亲,想念母亲，一派纯真……”

松子的声音抖得说不下去了。

“我也曾经这么认为。敬助好像没有情人吧？所以，一到了战场上，便把美貌的继母当成了永恒的女性。总之，那不是给母亲的信。那是向他所憧憬的女性倾诉衷情。敬助自己也许没有意识到，其中潜藏着这样的梦想。你母亲总是把女性的魅力深藏若虚，一旦离开了她，反而更迷惑人。”

“什么迷惑人的，我母亲怎么会……她只不过待我哥哥他们很好就是了。”

“可是，后来不又出了绀野的事吗？我们家的两老就说：你瞧！怎么样！”

难道因为是这样的母亲，宗广的父母就反对他同松子的婚事吗？宗广家大概调查过松子母亲的身世吧？家道败落，给人收留当女佣，后来又成了人家的填房。年纪相差甚大。跟一个年轻男子私奔。那男子又是前房儿子的朋友。宗广的双亲反对这门亲事也不无道理。

“你方才说，理由是非说不可了，指的就是这个吗？”

“没跟你结婚的理由？”

“嗯。”

宗广没有回答，只是蹙起两条浓眉，脸色也阴沉了下来。

然而，松子心里寻思，宗广开始疏远她，是在母亲出走前不久的事。

那么说，母亲跟绀野的事，那时就已经闹得满城风雨了？宗广的父亲让兴信所去调查，调查报告上，大概把母亲写得很不堪吧？

是不是母亲在绀野身上看到死去的敬助的影子？连松子当时不是也这样猜想过吗？甚至还认为，母亲有种令人痛心的错觉。

外人看敬助给母亲的信，感到奇怪也难说。可是对宗广的父母来说，敬助的信，就成了了解女方家庭的材料。所以，他们准是相当认真，以挑剔、猜疑的眼光去看这封信的。

母亲的事，会成为与宗广结婚的障碍，松子从来没有深思过。太大意了。

想到是因母亲之故，松子的痛苦便减轻了几分。宗广的毁婚，也多少是由于他父母之过。他们反对这门亲事，显然是确凿无疑的了。然而，宗广仅仅因为父母反对，就灰心丧气的吗？松子可不那么想。

同松子分手，宗广准还有他自家的什么原因。说不定松子自己也有什么缘故，才使宗广跟她分开的。

即使在宗广疏远她之后，松子仍然还相信他。等到得知他同卷子成亲时，比之愤怒和憎恨，她倒先是感到惊愕。忽然被人抛弃，仿佛失却了可攀附的东西，一味地沉落下去。与其说是悲哀，不如说是恐惧。连松子自己也不明白是怎么一回事。

此刻，松子同已经分手的宗广并坐在沙滩上，可却并不了解宗广；同样，回想起来，就在两人情好之际，彼此又相知多少呢？松子的一颗心，有很多方面未能与宗广相通便给埋没在过去了。

松子又联想起父母，他们虽然长年一起生活，彼此终因没有更深的了解而分手。其中，几多情意岂不空自埋没掉了吗？

敬助哥哥在异国的战场上倾慕母亲的心，在殉难之后，不是也消失得不知去向了吗？

再有，小哥哥照雄希望幸二娶松子的那份心情，母亲要松子同绀野结婚的愿望，如今不也都埋葬在不知何处了吗？松子甚至还想到这些事。

不过，母亲的心意可以说既没有埋没掉，也没有消失。因为母亲喜欢上绀野，才要女儿同他结婚。女儿没有听从，她便自己与绀野结了婚。她对绀野的爱是一以贯之的。松子拒绝了同绀野的婚事，原本潜藏在母亲意识深处的爱情，或许这时便浮出意识的表层吧？相反，要是松子做了母亲的替身，嫁给了绀野，那么，母亲现在说不定还在和睦的家庭里，跟父亲一道过日子。母亲也就不会发生那件事了。这纯属胡思乱想，却并非毫无根据。

至于敬助的信，二十多年来，母亲照顾继子可谓无微不至，虽说前线与后方，天各一方，但彼此灵犀相通，即使敬助与照雄两兄弟未能生还，母亲的那份心意可以说得到了报答。就连父亲也有所感应，尽管现在母亲背弃了父亲，父亲却允许松子同母亲随便来往，保持她们母女的缘分。由于敬助的信，母亲蒙受宗广父亲莫须有的恶意猜忌。虽然料不到会给女儿的婚事带来障碍，但无论如何，母亲对哥哥他们的爱却是贯彻始终的。这样又有什么不好？松子岂不应该替母亲着想着想？这也许是奇谈怪论，但绝不是无稽之谈。

如今父母已经各自东西，尽管如此，一种深切的怜惜与体恤之情，在他们两人之间不是依旧息息相通吗？

松子进而想到，自己对宗广所倾注的那份爱，也不会被埋没掉，更不会消逝，说不定终久还有长存之时。

照雄从战场上致函幸二，希望他能娶松子为妻，毫无疑问，这也是出于他对松子和幸二的深情，死去的小哥哥这份心意，日后未必不发生作用。

宗广明明知道照雄的信，却对松子一直瞒到现在。松子不免想要责备他几句。再说幸二，为什么不告诉她，也值得回思一番。松子内心的这种波澜，不正是照雄的信发生作用的佐证吗？

松子霍然站了起来，却又弯下了腰，看看鞋底上粘上沙子没有。

宗广也惘然站起身来。

“那边，江之岛上面点着灯的，是什么地方？”

“和平塔呀。”宗广忧郁地说。

和平塔的钢架在岛中赫然屹立。

落日已在海上隐退了。

松子想，该送宗广回疗养院了，但宗广却朝反方向走去，低声说：

“还是什么也没说啊。”

“已经听到不少了。”

“都是无关紧要的话……”

“我可不是来闲聊的。是特地向你道别来的。再说，你还没向我道过别呢……”

“是吗？要结婚了……”

“哪儿的话！要是决定结婚，就不会到你这儿来了呀！”松子洁身自好地说。

狗狺狺然吠着。靠水泥堤岸的一面当作墙，用碎木板搭了一个小窝。

窝顶生锈的白铁皮大概也是捡来的。只有门，没有窗。门开得很高，拴了一只长毛白狗。

“把这里当成自己的窝了，才这么叫。每次经过这里，都冲着我叫。”宗广说着，向狗摇摇手。两只溃烂的狗眼贼亮，这时扑了过来，绳子几乎要挣断。

走上狗窝旁的台阶，离疗养院下面一站很近。

两人谁都没有回过头去，似乎没有发现卷子和幸二正站在疗养院下面的路边，目送着他们的背影。

“我送你回医院吧。”松子说。

“别这么儿女情长的。”说着，宗广转过身去。

三

松子既能到疗养院去看宗广，所以也就拿定主意，要去母亲的公寓看她。这是父亲认可的事，所以也就没同父亲说。

默默地去，回来也默默地只字不提，想必父亲不会在意。

位于牛込的小公寓里，母亲和绀野都不在家。去的路上，松子一直巴望绀野别在家，只母亲一个人在才好。不料两人都不在，松子扫兴地走出大门。但又踅了回去，将文库本的广告页撕下一张，用口红写道：

“妈：改日再来看您。　　松子”

然后夹在门缝里。这样一来，不知母亲有多惊讶呢。本想添上一句：“是父亲同意的”，但又不愿叫绀野看见，便没有写。

车到皇宫旁的护城河畔，割去枯草的对岸，看着已有些青青绿意。樱田门的白墙，也显得暖融融的。经过皇宫前的广场，五光十色的汽车，也令松子感到了春意。松林之上，帝国剧场的墙壁泛出粉红色。

松子打算直接奔东京站回镰仓，想了想又改变主意，叫车绕到京桥，顺便去普利司通美术馆看看。

去年十一月，母亲随绀野到镰仓近代美术馆来的那次，松子见到母亲，所以心里想象着，说不定这对幸福的夫妻在春光明媚的日子里，双双去看画展了吧？

崭新的大楼，橱窗里竖着摆了一些汽车轮胎，松子看了觉得挺稀奇。有大汽车轮胎，有卡车轮胎。挨着大橱窗，还摆了自行车、有声放映机和缝纫机之类。靠门口的橱窗里，在黑色帷幔之前，是一幅博纳尔[1]画的桃子。自然是复制品，却惟妙惟肖。

走进二楼的展室，正面是毕加索[2]的《脸》等作品，旁边马奈[3]的那幅《梅莉·洛朗》将松子吸引过去，在这幅彩色粉笔画前刚刚站定，便听有人喊她：

“松子小姐！”是幸二，“你好！好久不见了。”

“哟，是你！”松子脸颊飞红，“在京都承你照顾了。”

“京都……”幸二与松子并排站着说道，“你喜欢马奈的这幅画吗？”

“在门口，看着非常漂亮……我这是头一次来。”

“是吗？我心里郁闷的时候，时常溜达进来看看。地处东京的市中心，能够随时溜达进来，实属得天独厚。看看这些画，心情也就好了。”

1　博纳尔（Pierre Bonnard，1867—1947），法国画家，属纳比派，作品以色彩艳丽著称。

2　毕加索（Pablo Picasso，1881—1973），西班牙画家，久居法国，开创并参与20世纪多种现代美术新探索，代表作有《格尔尼卡》等。

3　马奈（Édouard Manet，1832—1883），法国画家，印象派的先驱人物，《草地上的午餐》为其代表作。

走到库尔贝[1]的《雪景》和柯罗[2]的《维尔·达弗雷》前，松子想起在光悦会上，父亲让自己看雪舟山水画的情景。

“二十来天前，我有幸看见过你。”

松子转过脸看着幸二，意思是问在什么地方？

“你去看望过我哥哥吧？”

“咦？你当时也在那儿吗？”

“大概去得比你迟一些。看见你们的背影，在海边上走着。”

松子一怔，倒吸了一口凉气。

---

1 库尔贝（Gustave Courbet，1819—1877），法国写实主义画家，曾参加过巴黎公社起义，代表作为《画室》等。

2 柯罗（Jean Baptiste Camille Corot，1796—1875），法国巴比松派风景画家，代表作有《莫特枫丹的回忆》等。

春梦

一

听幸二说，看见他们在海边上走的背影，松子觉得仿佛此刻便有人在看自己的后背，顿时肩背僵硬起来。

当时不知同宗广走成什么模样，这已经无从想起。也不知幸二看了有多久。

“你招呼一下有多好……你就闷声不响地看着？”松子说。

“因为离得远……”

“海边很静，远也听得见嘛。”

“要是大声招呼，也许能听见……”

“你觉得打招呼不方便吗？”

“是啊……”

幸二吞吞吐吐，走向左侧那面墙。于是，松子望着幸二的背影。

在幸二的前面，并排挂着两幅莫奈[1]的《睡莲》。

1　莫奈（Claude Monet，1840—1926），法国印象派代表画家，主要作品有《日出·印象》等。《睡莲》为其晚年所做的组画，颇为著名。

“因为姐姐在旁边……”一面低声说着，一面看着《睡莲》。声音低得仿佛一心只顾着看画似的。

松子不禁哑然。

幸二说的姐姐，除了嫂子没有别人，那准是宗广的妻子了。

卷子看见宗广和松子，心里会做何感想呢？松子别扭得浑身要打寒战。

“你们一直在一起吗？”

“是的。”幸二望着画回答说，“是我约姐姐去的。”

“是吗？”

松子也凝立不动，望着《睡莲》。

两幅画，一幅作于一九〇三年，一幅作于一九〇七年，幸二指着一九〇七年的那幅说：

“池水呈粉红色，许是映着夕阳的缘故吧。粉红色的夕阳，仿佛溶在水中似的。”

“好温暖的色彩！”松子迸出这样一句话来，心中想起同宗广坐在沙滩上，从对面江之岛的海面上射来的一缕夕阳。波光潋滟，熠熠耀眼，然而，却是那么的冰冷，在暮色中璀璨四射。

松子固然想不到卷子盯着她和宗广的背影时，一副眼神如同那缕夕阳一般，可是站在这幅光与色让人感到暖意融融的画面前，后背的寒气却没有消失。

松子移到左边一面墙。

站在毕沙罗[1]的《蓬图瓦兹的菜园》、塞尚的《圣维克图瓦山》，以及

1　毕沙罗（Camille Pissarro，1830—1903），法国印象派画家，以其住地蓬图瓦兹为题材，画过《蓬图瓦兹的菜园》等风景画。

德拉克罗瓦[1]的《马习作》等画幅前，心情也逐渐平静下来。

松子不禁想起在雪舟的画前，念完了庵桂悟八十三岁时的题跋之后，父亲说：

“以松子的年轻，是不会惊破春梦的。”

而她却想告诉父亲：正因为年轻，才会“惊破春梦”啊。

此刻，她不可能像在光悦会上那样，长时间地欣赏一幅画。幸二在一旁，不好不跟着一起走动。但是松子心里也在游移，本是各自前来的，不过偶然在这里相遇罢了。所以，是两人一起看完，直到离开美术馆好呢，还是在一个适当的地方，道个别就分开好？

“幸二少爷！你还要慢慢看一会儿吗？”松子回过头问幸二。

“不，我常常溜达进来看看……这么多大画家的画，一次是看不胜看的。头一回来的时候，很贪心，全部转了一圈，等来过几回之后，每回都确定个目标，这回看高更[2]，下回看博纳尔，其余的便随意看看。其中若有能够强烈抓住我当时心情的，就在那幅画前多站一会儿……”

“今天是哪幅画？”松子躲开幸二那热烈的目光，问道。

“这个么，也许是因为你方才在看马奈那幅《梅莉·洛朗》的缘故，便觉得那幅画特别美。那幅画的复制品印得很精致，等临走时，我送你一幅。”说着，幸二便急忙朝马奈那幅粉彩女人肖像画走去。

“地道的巴黎女人，风华正茂。头发，眼睛，还有嘴唇的颜色，实在漂亮。”

1　德拉克罗瓦（Ferdinand Victor Eugène Delacroix，1798—1863），法国画家，浪漫派绘画的代表人物，多以神话、历史与文学为题材。代表作有《希奥岛的屠杀》《自由引导人民》等。

2　高更（Paul Gauguin，1848—1903），法国后期印象派重要画家，对二十世纪艺术影响甚大。晚年曾在塔希提岛生活，描绘当地风土人情，并著有《芳香的土地》一书。

“可是，你今天本来有个目标吧？”

“嗯。今天是打算看青木繁[1]的画儿的。公司午休的时候，突然想到青木繁，在虚岁二十三四的年纪上，比我们都还年轻，天才焕发，随即又为社会所断送，三十岁就离开了人世。于是，我忽然想要看他的画。因为对自己目前的工作感到十分无聊，所以便想到这位年轻的天才……”

“青木繁的画陈列在哪儿？”

“最里面的展室。与藤岛武二的在一起……”

幸二目光灼灼。松子想，可能是看画看的吧，但他用看画的眼光那么瞧着自己，不觉有些心动。

两道浓眉，一双眼睛，同他哥哥宗广很相像，可是，在疗养院里见到的宗广的目光，同美术馆里见到的幸二的眼神，相差竟有二十岁上下。

从第一展室，经过画廊，到第二展室，全是日本画家的作品，浅井忠和黑田清辉[2]的各有三四幅，其余都是藤岛武二的，收藏颇全。第三展室里也有一半是藤岛武二的画，另两面墙，才悬挂着青木繁的作品，约摸有十来幅。

幸二坐在展室中央的椅子上休息，望着悬有《海之幸》与《龙王的鳞宫》两幅大画的那面墙。青木繁的画，松子还是头一回看到。

“据说《海之幸》是他二十三岁时画的。那年他刚从美术学校毕业。那边的《天平时代》，也是二十三岁时所画。《鳞宫》这幅，我记得是二十六岁。”听幸二这样介绍，松子将头转向另一面墙，看了一会儿《天

---

1 青木繁（1882—1911），日本明治年间的西洋画画家，作品多取材于神话传说，具有浪漫主义色彩。《海之幸》《龙王的鳞宫》是其代表作。

2 藤岛武二、浅井忠和黑田清辉均为日本明治年间的西洋画家。

平时代》。然后，又回过头来看《海之幸》。

因为，《海之幸》中一位渔夫，目光似乎正注视着松子。

画面上那些全裸的渔夫，抬着大鲨鱼，从右到左，排成两行。所有的渔夫都面向前方，惟独一个渔夫侧目望着这边。眼睛大而清澈，面孔俊美如同少女，好像很年轻。只有这张面孔是白白净净的，画得相当细致。相比之下，别的渔夫，面部仿佛是未完成似的。

只有这个美少年从对面一行里，像窥探什么似的望着这边。这幅画给人的印象是，小伙子那宛如神秘的目光在盯着松子。

“天空的颜色有点脏兮兮的，对吧？起初，那是耀眼的金光，同大海的碧蓝相互辉映。由于用的不是真金，颜色整个儿地变了。”幸二说，“不仅金色变样，整幅画都变旧了。”

“明治哪一年的？”

“明治三十七年[1]。”

“家父那时还是小孩子呢。”

“是啊。令尊正值少年。”

“在光悦会的玄琢那儿，有一幅雪舟的画，还记得吗？”

“我没仔细看。我觉得自己跟西洋画似乎更接近一些。”

“当时，家父给我讲了些关于雪舟，关于在雪舟画上写题跋的老和尚的年纪等事。到了家父那个年纪，反而更能理解比他们年长一辈的心思。即便是雪舟八十后的作品，六十多的家父，同二十多的我，对八十岁这个年纪的感受，是截然不同的。”

“恐怕是这么回事。就以藤岛武二的画而论，这间展室的作品是他

1　即1904年。

七十来岁时所作。而青木繁则是二十几岁时所作，等于是二十岁与七十岁摆在同一展室里。”

松子回头望着藤岛武二的《屋岛远眺》《东海旭光》《蒙古日出》那几幅画，一面说：

“家父让我看雪舟的画，意思大概是因为我们年轻，才有如许的苦恼和悲哀。”

然后，松子站起身来，走近藤岛武二的画，恍如被一种长寿的宽宏所包容。

“在京都是同令姐在一起吧？”

松子变得轻松自如起来，便问道。她这是头一回提到卷子，沿袭幸二的口吻，称呼“令姐”。

“在一起。”

幸二回答道。他站在松子的斜后方，近得连气息都能感到。

二

“我是想同宗广道别，头一回去疗养院的。”——走出美术馆的出口，松子说。

不知幸二听了是怎么想的，他说：

“夫妻之间的误会，只要有那么一次，比起跟别人的误会要麻烦得多，会一再误会下去的。”

“难道我去探病，也成了误会的原因吗？”

“差不多吧……”幸二低着头走着，“或许我哥哥结婚本身就是个错误……是他罪有应得吧……”

“我的事吗？”

“是的，还有别的。”幸二顿住了话头，接着又说：“不过，我没料到哥哥那么快就遭到报应。”

两人过了京桥，向银座方向走去。

“我可不认为是什么报应。就算宗广他不幸，我也不愿意认为，是我造成的。”

“应该说，是哥哥使得你不幸，他才自食其果的。真是可怕呀！”

“听你这么说，你是站在你哥哥一边了？”

“怎么说呢？没准是他的对头呢。我总觉得，即便我哥他们分手，他又同别人结婚，这婚事仍会是错的，依然是出悲剧。不论男女，不是都有这种人吗？依我说，就连从前哥哥爱你，我以为那也是错的。”

因为走在银座大街上，幸二低声说着，松子听来，却似慷慨陈词一般。

“说他错了，是指事情的结果而言，纯属马后炮。但对我哥哥的恋爱和结婚，我觉得，我事先就知道他是错的。”幸二接着又说，“就在最近，哥哥对姐姐说，松子小姐常去探视。”

“这是怎么说！”

松子停下脚步站住了。

“姐姐这人也是，说哥哥之所以挑那家疗养院，就为的是离你住的镰仓近。这么一吵，结果便迸出那句话来……”

自己成了卷子嫉妒的对象，这事松子从来没多想过。卷子知不知道自己的事，松子也没有深究过。自己总是死抱着那点痛苦不放。

然而，宗广为什么要谎说自己常常去疗养院，煽动卷子的嫉妒心呢？

“我只去了那一次，是去道别的呀！”松子重复着这句话，忽而意识到，别人并不懂得这句话的意思。

松子和宗广早已分手。不是松子离开宗广，而是宗广离开松子的。松子正是为了同还留在自己心里的宗广诀别，才去疗养院看他的。进而言之，她好似去同自己的心告别的。可是，在别人眼里，岂不又变成同宗广幽会去了？再说，告别云云，叫别人听着，在那以前，他们仿佛一直就没分开过。

“姐姐把我狠狠埋怨了一通。”幸二看了松子一眼，又低下头说：“说是全怪我，见到了她不愿见的事。因为是我硬把姐姐拉到疗养院的……可是，你竟会在我哥哥那里，真是做梦都想不到。”

松子脸上一片飞红。

“当时要是招呼一声就好了。打过招呼，就不至于留下误会了。”

“因为你不知道姐姐是什么样的人……我不愿意让你跟她见面。”

“可是，与其叫她看背影，还不如见面的好。”

“真的吗？背影是不论何时，管他是谁，尽管让人家看好了。自己的背后又没长眼睛……”

“是吗？”

“可不是！本来背后没长眼睛，倘如把过去当作人生的背后，自己能够看得见，所以才常常要后悔！”

“方才你说过，你认为那也是一件错事，既然如此，当时要是能劝住宗广或是我该多好……”

“我劝过你们的呀！你回忆回忆看？虽然我没有明说……”幸二连连眨了两三下眼睛。

女儿的闺房

一

父亲一走进松子的卧室，便说：

“嘍？”对马奈的《梅莉·洛朗》一画好似很惊讶，“印得蛮不错嘛！跟原件简直一模一样。”

“高谷家的幸二送的。”

“见到幸二了？”说着，父亲朝墙壁走了过去，站在画前。

松子则坐在长沙发上说：

“是在普利司通美术馆里碰见的。他说他常去那儿……”

“喔，是这样！”

父亲也走到沙发前，挨着松子坐下来，仍旧盯着那幅画。

沙发也可以当床用，也就是把床折叠起来变成沙发。摊成床也很简单，不过，松子白天有时便那么放着不收起来。漂亮的床罩，也是年轻女孩儿家卧室的一种装饰。

“彩色粉笔画复制得真不赖。”父亲重复道，“好个仪态万千的美人呀！幸二喜欢这幅画？”

“幸二也说她漂亮来着。不过，是我看入了迷，才买了复制品送我的。”

“是这么回事！”

父亲用右手揉搓着老粗的后脖颈，说道：

“我们这一辈子，同这种美人儿从来就没缘分。压根儿没福气同这种美人儿过日子。”

“那不是外国女人嘛，一个法国女人……”松子笑着道。

“就算是外国女人罢，也可以在一起，也不是不能结婚嘛。日本姑娘还不是也有很多人跟了美国大兵！”

“那倒是，不过多别扭啊！”

“你既然说‘多别扭啊’，那就到此为止，不去说吧。可是，要说一个人的天地，以他一生的经验而论，是太狭窄了。”父亲这回把两手交叉在脖颈后，“比如说，这间房子是松子的卧室吧？”

“嗯。”

“一个女孩子，住八张席的房间，照眼下来说，是够奢侈的了，可是，席子上放了床，又摆上衣柜、梳妆台，连身子都转不过来。”

“爸的房间，不也在那么挤的地方砌上茶炉了吗？摸黑进去，难保不一脚踩进炉灰里。”

“哪儿的话……茶室里，茶炉是安在固定地方的。摸黑进去也不会弄错。你学茶道，难道就没进过茶室？”

“可爸还放了桌子呀，小橱柜呀，烹茶用的大家什呀……”

“那也比你在这屋里挨着纸拉门，挂上帐子强。”父亲悠然打量着房间的各处。“墙上挂着美人画，壁龛里却是法轮寺的残墨剩迹。”

“那不是您借给我挂的吗？”

“而马奈的复制品，是幸二给的。那么，你自己的趣味就是纸拉门上挂着的帐子喽！”父亲调侃道，“不过，一想到这是我独生女儿的卧室，不免觉得可怜。”

对着马奈复制品的楣窗，挂着松子两个异母兄弟——已经战死的敬助和照雄的相片。

把两人照片镶在镜框里挂上去的，是松子的母亲。这间屋子原先是母亲住的。出走之后，就成了松子的卧室。母亲留在这屋里的东西，除了敬助和照雄的相片，一件都没有了。松子把房间的格局变了个样儿，只有哥哥的相片原样没动。

将已死继子的照片挂在自己的卧室里，母亲的那种心情，松子觉得不能伸手去碰。

此刻,父亲一定在看两个哥哥的照片。想起死去的儿子,离异的妻子,父亲会说些什么呢？松子不禁有些担心。

“为什么会觉得可怜呢？”松子反问道。

“唉，因为这儿是松子的小窝呀！难道这儿不是个小窝吗？不过，也许没什么可怜。松子终久要离开这间屋子的……”

“爸难得到我屋里来，偶尔来一次，就难免要发感慨。”

“是感慨吗？……也许是吧。”父亲笑着说,“诚如‘见霜心自惊’啊。”

“什么意思呀？”

“上半句是：‘鬓发白如雪’。像我这样秃得光光的，这上半句就用不上了。上了年纪，感觉一方面变得迟钝，同时又格外敏感。回首往事，自己的一生不过尔尔，微不足道，不禁感到寂寞；对至亲的人，曾以为能竭尽全力，加以呵护，让他们过得幸福，思量起来，却多有痛心之处。

我这一辈子，只有三个孩子。三个孩子里，两个男孩又都打死了。所谓光荣的阵亡。可是在世上，有的人竟有十个孩子。若在古代，有几十个孩子的也有。”

“几十个？”

“是啊，不同母。在中国，这种事多得很。好坏且不说，能有几十个孩子，那个男人的生命力真是非凡的强劲、非凡的旺盛呀。即说我吧，有过两个老婆，比别人多了一倍。一个死别，一个生离，一来二去，就到了这把年纪,孤家寡人一个。现在跟女儿相依为命,只怕是束缚了松子，耽搁了你的婚事呢。”

“瞧您说的，哪儿的话呀！”松子望着父亲，心里有些纳闷。

“三个孩子只留下你一个，所以，至少起居坐卧之处，应该让你遂心如意，拥有一个舒适的房间。还是松子你小的时候，我曾在建筑公司做过一阵，还记得吧？”

“记得。”

“也许是因为这个缘故吧，看到在东京的废墟上临时搭起丑陋的棚屋，深感日本的贫困，不胜愧疚。我曾梦想过，他日若发了大财，就开个住宅公司。同各类建筑家联手，盖些设计别致的房子，卖了钱再盖好房子。这样轮番下去，便这也是朝井盖的，那也是朝井盖的，在东京触目皆是朝井盖的房子，美化了东京，自己也跟艺术家一样开心。然而，现在连自己独生女儿的房间都不尽人意。等我死后，把这幢房子卖掉，哪怕小点，也要盖一幢自己中意的房子。”

“您干吗说这些个！爸……”

“你妈她住的是又脏又小的公寓房吧？”

松子不由得点了点头，无法抬起头来。父亲也缄口不做声了。

松子发现，父亲的大耳朵，肉嘟嘟的耳垂儿，不知不觉间竟满是皱纹，变干瘪了。

“我去拿些草莓来吧？”说着便起身走了出去。

一只旧萨摩玻璃盘，绿莹莹的玻璃上，辉耀着彩虹似的光，放上红草莓，显得十分的艳丽。盘子边有棱，挺朴素，可是颜色这样透明而又深沉，在时下的玻璃器皿中颇为罕见。

父亲想把草莓碾碎，一滑，牛奶溅了出来。

“帮帮忙。”父亲把盘子递给松子说，“这一向，手指不听使唤，真麻烦。”

二

“一直想去看看新绿滴翠的京都，今年竟没有去成。”父亲望着院子说，“道子喜欢好看的花木，各种各样的花草树木都想种些，好让院子一年到头都有花开。可我，只是嘴上嗯嗯应着，并没当回事儿。大概是因为跟着一个年纪相差很大的男人，所以喜欢院子里能开些花儿什么的。即使是竹叶，因四时的变迁，一日中光线的移动，比之花，叶色也是千变万化的，可是，唉……”

松子无言以对。

“万一我有个三长两短，跟你妈一起住也没关系。”

“别说了！爸……”

“这有什么可大惊小怪的？我的继承人，只有你一个。再说，你的亲人，也只有你妈一个。不就你们娘俩吗？但是，不论我出了什么事，你若通知她，或是把她叫到家里，那可不成！”

“知道了。”

“她跟那个男的，迟早是要分开的。就算分开了，这个家她也不会回来的，并不是我希望他们分开，不过……我死了或是怎么的了，倒说不定他们会离得更快。道子会于心不安……”说到这里，父亲顿住不说了。

松子不禁悚然。

对于母亲，父亲的愤懑和诅咒，依旧那么根深蒂固吗？假使父亲有个三长两短，想必母亲会受到良心的责备，追慕前夫的。那么她与年轻的组野的生活，难免要蒙上一层阴影。难道父亲是这么想的？

松子很少跟父亲提母亲的事，她绝不自己先开口。偶尔谈及，她的处境也很为难。

父亲叫松子不必顾虑，可以同母亲随便来往，他死之后，也可以跟母亲一起生活，然而，父亲的内心却叫松子有些捉摸不透，觉得挺可怕似的。

再说，父亲说话的口吻是从未有过的，也让松子感到有些不安。

“爸是无论如何也不肯原谅我妈的了？”松子终于鼓起勇气问。

“这个嘛，恐怕不是什么原谅不原谅的，因为我现在并不能把她怎么样。此刻，被遗弃的丈夫和女儿在谈论她的事，她也毫不知情，还照旧过她的日子。我是鞭长莫及。你们娘俩倒像是已经握手言欢了……”

“妈她挺惦记着爸的。”

“多此一举。”父亲老大不痛快的样子，压根儿不买账，“我不想听你这些说项。你也甭做什么说客。”

松子心里一酸，眼泪汪汪的。

“可是，做女儿的，那……也许是妈不好，但是，当着妈的面，说爸的事，妈她很愿意听的样子……可是，在爸的面前，却不能提起妈！”

“哼！你这是在抗议吗？”

“不是抗议，只是伤心。”

父亲皱紧眉头，默然半晌，说道：

“你希望我跟你妈和解，这倒没什么。在你心里，准是我们两个人在一起的。虽说我们两人离开了，可在你心里，是没法儿分开的。”说着，父亲站了起来，走到廊子上，“这天气太闷人了，头重得不行，最好今儿晚上能下场雨。”

俄而，回头看看松子又说：

“松子要是同高谷家的宗广结婚，这会儿恐怕离开了也难说。”

松子随即轻轻摇了摇头。

“是吗？那很好。”父亲神情温和地说，“趁我还硬朗的时候，赶快嫁人吧。”

“说是这么说，可我……”

“不管怎么说也要……”

傍晚下了雨，一早便晴了。

父亲说要去皇宫一带看看春雨洒过的新绿，便出了家门。

松子去买东西，乘公共汽车顺便将父亲送到火车站。

正在准备晚饭时，听到电话响。

“喂喂，松子吗？”

“是妈吗？”

母亲只匿名寄过信，从来没打过电话。

“你爸呢？”

“我爸？”

“你爸在家吗？回来没有？”

母亲虽然放低声音，却很急促。

“还没回来呢。爸他怎么啦？”

“方才我看到你爸了……”

“您？”

“我说看见，是我在路上走，他在汽车里……不过，我觉得那的确是他。”

“在哪儿？”

“日比谷公园那儿的护城河边……你爸坐在车里往我这边瞧，好像认出是我来着。一碰上我的眼光，就把脸扭了过去，不过我看那样子有点怪。我觉得他不是把身子藏起来，像是倒下去似的……”

“后来怎么样了？”

“一转眼，车就开过去了……”

松子唰地流出了眼泪。

“所以，我有点不大放心，不知他回没回来？”

松子忍不住哭出声来。

“松子，喂喂，怎么啦？出了什么事啦？”母亲的声音显得很不安。

父亲的后事

一

松子在家无母亲的情况下，办完了父亲的丧事。

遗族只有松子一人。

其实，松子这惟一的遗族即便不在，父亲的丧事也会毫不耽搁，办得很顺当的。与父亲有关的公司那些人，以及父亲的老朋友，他们凑到一起，把一应丧事全力承担了下来。

松子什么事都没做。甚至连进出的款项都没过目。银行的人最先来吊唁，说是“为了万全起见，是不是先准备下二十万元”，松子惘然地想，自己哪有那么多存款？父亲也许多少存了一些。不论有多少，人刚死的第二天便提取他的存款，岂不荒唐？松子疑虑重重。

那位银行办事员和公司里的会计，担当葬礼的出纳。

细想起来，宛如去世的父亲在给自己办丧事。松子这回强烈地感到，作为一家之主，父亲的力量犹在。

到了战后的今天，父亲已不是现任的董事，可是，还有两三家公司来了人，松子几乎都忘了那些人，送的花圈也摆在父亲的灵前。

关于父亲的丧葬，要说松子自己做了什么或许只有挑选丧服这一件事。

要是请百货公司定做，说是一两天内即可赶制出印有家徽的黑和服，结果松子还是用绸子西式衣裙代替了。

料子是黑塔夫绸上带有木纹的纹路那种。衬裙也是塔夫绸的，裙摆宽大，走动起来窸窸窣窣。腰部有一圈同样料子的装饰，所以，虽是单件连衣裙，看着却像是上下两件分开的。

腰上的那块装饰的衬里，以及镶的边，是胭脂红色。黑地配上了红色，既可以在喜庆场合穿，也可以当夜礼服穿。

松子本来打算，穿上这件连衣裙，胸上别着鲜花，去参加盛大的晚会的。衣服是今年春天刚定做的。万没料到竟会在父亲的葬礼上，当作丧服，头一次穿上身。

因为是塔夫绸，她把剩下来的料子剪成发带。

“剪得宽一些，倒可套在西服袖子上当黑箍用。”松子喃喃自语，忽然觉得不吉利，便噤口不做声了。

转而又想到，穿着这套衣服，既无丈夫也无意中人来挽自己的胳膊。

葬礼上，松子用一条窄的黑发带，不显眼地系在头发上，好让发型看着朴素些。

守夜、告别式、火化的那三四天里，也不知烧过多少次香，每次都是松子率先站起来。

由年轻的女孩子烧头一炷香，那光景格外地凄凉。

和尚念经停顿之际，葬礼的司仪便宣告：“遗族烧香！”

这时，松子便走到灵前，顿时鸦雀无声，只听见塔夫绸窸窣之声。

松子的耳朵里也听见自己的衣裙声，可是，在父亲灵前合十，正要点香的时候，心里猛然浮现出母亲的身影。

“妈！”

松子闭起了眼睛。

“爸！”松子改口道。

木崎老人从收音机里听到松子父亲的讣闻，很早就赶了来。

“你母亲……”悄悄问松子的，木崎也是头一个。“要告诉你母亲吗？不告诉？”

“母亲她知道。”松子一大意，说了出来。

“她知道？”木崎反问一句，“已经告诉她了？”

“没告诉。”

“也是听收音机广播的？”

“不是。在电话里……”

“打电话告诉她的？”

“没有。”

是母亲电话里告诉松子的。最先知道父亲死的是母亲。母亲亲眼目睹了父亲的临终，或者说目睹了父亲临死的那一瞬间。

当时母亲打电话来的事，松子没告诉任何人。

在日比谷公园旁的护城河边，父亲从车里看见了母亲。

“我觉得，他不是把身子藏起来，像是倒下去似的……”母亲说，父亲当时大概已得了脑溢血。

一定是看见母亲一时冲动的缘故。

父亲倒了下去，司机还没发现。绕着新绿覆盖的皇宫，开了好一会儿。

等松子接到东京的医院打来的电话，已差不多是一小时之后了。

松子赶到医院里，父亲发出很大的鼾声，已经昏迷过去了。

当天早晨乘公共汽车送他到火车站，竟成为松子同父亲的永别。

头一天，父亲还到松子的房间来，说了许多话，难道是有什么预感吗？松子认为那也是一次告别啊。

这样看来，父亲与母亲相见，不也是一次不可思议的永别吗？

如果死于脑溢血的命运已迫在眉睫，父亲岂不是等于在临终之际，同离别的妻子又相会了吗？

松子好似感到了冥冥之中的天意。

不是母亲要了父亲的命。

已经生离的父母，这次是为了死别而又重逢。

然而，父亲是死于看见母亲的那一瞬间，这事哪怕是对温和的木崎老人，松子也不能说。

“那么，要叫你母亲来吗？”木崎问。

松子垂着头，心里十分痛楚，摇摇头，低声说道：

“我没法儿同父亲商量……”

“不能同父亲商量？倒也是。”

木崎目光里流露出悲哀，沉默不语了。

“……不论我出了什么事，你若通知她，或是把她叫到家里，那可不成！”

死的前一天，父亲说过这句话，松子觉得不能违背。

可是父亲还说：“万一我有个三长两短，跟你妈一起住也没关系。”难道话里就没有原谅母亲的意思？

“户籍呢？”木崎又问。

“户籍？”

“你母亲的户籍呀。已经从你们家迁出去了吗？”

哦，这件事！虽然听明白了，迁没迁，松子却不知道。

恐怕无需母亲自己要求，只要父亲提出说叫迁走，母亲也是不能拒绝的，全凭父亲一人的意思。那么父亲是如何处理的呢？

如果户籍还保留着，母亲就应该还是朝井家的人。

“好吧，有什么难处，请随时找我……”木崎说。

二

无论守夜还是告别式，母亲那头的亲戚没有人露面。

为了让告别的人站着烧香，便把朝井的灵柩抬到靠近客厅的廊子那里，一切布置就绪。

松子也站在院子里，一面默默地向吊客还礼，一面不时向院子的大门口张望。门口有一簇胡枝子花。邻居家的小狗跑了进来，对着胡枝子花下面的枝叶嬉戏玩耍。

“等你母亲？”幸二悄声说。

松子率直地点了点头。她未加掩饰，没有借口说什么在看小狗。她心里一直惦着，没准儿妈这会儿来了吧？

幸二干脆说：

“不会来了。要来早就来了。”

“今儿个你父亲不来吗？”

“好像来吊过丧了。”

“对了，昨天来过。”

“来见令尊，我老子会很难堪的。因我哥哥的事，我想他是没脸见令尊的。”

两三天来，松子没睡好觉，一颗心嘣嘣直跳，两只脚尖也好似发麻。

松子感到父亲的大照片正俯视着自己。

她多希望此刻的自己，能以一个女儿清白之身站在父亲的灵柩前！

想到这里，她的体内反而像隐隐然热了起来。这是很久以来没有过的感觉。难道是几天的疲劳与极度的悲哀，那肉体的恶魔又抬头了吗？

“幸二！”

这时，宗广从身后按住幸二的肩膀说，“我来站一会儿，替你一下。”

“你一站该累着了。”

“别把我当病人。”宗广歪扭着笑脸冲着松子说，“这家伙好像就愿意把我当病人。”

“哥哥你脸色不好嘛。”

“在松子父亲的葬礼上，你想我的脸色能好得了吗？”

松子一怔，望着宗广。

幸二从哥哥身旁走了开去。跟朝井家的亲友站在一排，他大概怕宗广会说出什么话来。

朝井家和宗广他们高谷家可以说是远亲，要是去查找两家的血缘关系，复杂得很，听一遍也弄不清楚。松子的父亲和宗广的父亲交情甚笃，所以，双方的子女也是竹马之交。

在宗广遗弃松子，同卷子结婚以后，父辈之间无形中便疏远了。与松子的父亲从公司退了职也有关系。况且松子的母亲跑到绀野那儿，父亲也许是因为丢面子，也许是厌恶世人，所以，落落寡合不愿见人。

宗广来吊丧时说：

“令尊生前对我连一句抱怨的话都没有。”松弛的下眼皮微颤着。

这话说到松子的心里，她不愿意淌泪抹眼的，便咬住嘴唇极力忍着。

对她跟宗广的这段恋爱波折，父亲从没有疾言厉色地责备过她。松子心想，父亲一切全清楚，却总是行若无事地抚慰自己。

但也说不定，因母亲私奔，父亲才避免触及女儿的伤疤吧？要说过错，错在母亲，而不在父亲。不过，照父亲反思的情况来看，夫妻间发生的事，一方完全没有过错也是不可想象的。就父亲从前对待母亲的态度，就连松子都有怀疑，她对母亲并不是没有同情的。

“这一下父亲可真的抱怨不成了。”这是松子当时给宗广的回答，以代替她的哭泣。

宗广从疗养院赶来吊过丧，以为告别式不会来了，结果还是来了，松子颇感意外。

“累坏了身体可不好，赶紧回去吧。”松子温和地说。

满以为他已经走了，原来不知在什么地方歇了一阵，现在又出现在遗族席上，站到松子身旁。

方才幸二站在身边，在众目睽睽之下，松子都不免有些难为情，更何况跟宗广挨在一起。

尤其方才，她不是一面对前来吊丧的宾客一一还礼，一面在感愧自己这个曾被宗广拥抱过的女人之身吗？

她想起自己说的话：父亲再也抱怨不成了。她要尽量抛掉对宗广的不满，以及内心的留恋，重新做一个纯洁的女儿，站在父亲的灵前。

可是，宗广酒气熏人。

“你喝酒了？”松子责问道。

“啊，到厨房问有没有外国酒，不知谁拿出一瓶白兰地。好像是令尊的酒。”

“多不像话。”

松子想说的是“真下作”！

“令尊已经滴酒都不能沾啦。”宗广嘟哝着说，“松子，非是时光流逝，乃是吾等逝去呀。”

松子转过脸，去看父亲的遗像。

“所谓逝去，不仅仅是死去之意。活着的我们，每时每刻都在逝去呢。”

松子没有理他。

“你知道吗？令尊去世，卷子她最强烈的感情是什么吗？是嫉妒！是对你的嫉妒！是女人的嫉妒啊！”

宗广连说三次“嫉妒”。

大概是从镰仓站开出的公共汽车到了，好半天没有吊客临门，这会儿又有一群人走进院子，宗广收敛行止，闭上了嘴。

父亲之死，卷子为什么要嫉妒松子？松子不明白。是拦阻松子的绳索断掉的缘故？还是因为松子失去依傍，成了一叶浮萍？

三

告别式的第二天早晨，松子起得很晚。

揽镜自照，眼泡肿了起来。眼皮里有些痛。

昨天用塔夫绸发带束起后面的头发，今天则披散开来。松子拿手镜照着，左瞧右瞧，打量着后面的头发。

今年春天，德国的头号歌手来日本时，曾约了父亲去日比谷公会堂看演出，只买到二楼后面的座位。那座位又高又陡，能俯视前面观众的头。

“战败国的日本女人变得相当漂亮了嘛。年轻的女人在头发上也花了不少心思，连后面的发型也做得很中看哩。这后面的头发，究竟是怎么弄的……手真巧。”父亲说。

“可不是。只要到美容院去就能做出各种发型来。”

“不是别人做的。是自己手巧。为了漂亮，女人似乎在脑后也长了眼睛和手。”

经父亲这样一说，松子也去观察前面那些女人的头发。妙龄少女的头发发出青春的光泽。父亲好像很稀奇，隔着老远瞧着，松子感到父亲的寂寞。

松子摆弄着后面的头发，不由得想起这些往事。

心里一面寻思，现在家里只有自己一人了，手指一面卷着凉丝丝的头发。

“小姐，银座的千疋屋送花来了。”女佣来回话。

松子起身走了出去。

接过一束白色的康乃馨，在花里找名片，问道：

“谁送的？”

“啊，说是自家人的，用不着名片。”来人说。

“哦，辛苦你了。”

松子明白，那一定是母亲。

在丈夫丧事的第二天，不具名送了一束花来——离了婚的妻子。松子眼睛一片模糊，花也看不清了。

松子抱着花束，在茶室里坐了半晌。

她没到有佛坛那间屋，径直把花拿到自己卧室去了。因为父亲说过，松子可以和母亲来往，他死后，和母亲一起住也没关系……

以为康乃馨是纯白色，其实是淡蓝色的。那颜色仿佛是白花瓣上映着蓝天或碧海。只是清一色，竟有五十来枝。

一个小时之后，来了电话。

“松子吗？松子！真对不住，原谅妈……”

“妈……”

“丧事办完了？今天家里冷清了吧？花，收到了吗？”

“嗯，刚收到……”

“我呀,是我害了你爸呀。怎么办才好啊！我心里好苦哟！真想死掉。那个，绀野他，简直嫉妒得不得了。”

松子又听到“嫉妒”这个词儿。

“松子，我想看看你，让我看看你好吗？”

“妈！”

地狱之墙

一

所谓头七，是指死后的第七天，中间隔五天，松子是头一次知道这些事。头七的前两天，木崎夫妇到家里来了。

头七的前两天，其实是办完丧事的第二天，是松子的母亲送了白花、打电话来的那天。

木崎让他年轻太太拿着一个细长的包袱。解开来一看，是幅挂轴。

“带了这么一个东西来。愿意的话，就一直挂到盂兰盆节吧。”木崎亲自把挂轴挂到壁龛里。“这是一个叫寂室的禅僧写的。是日本和尚。”

好像是什么庙的开山祖师，木崎老人说道，松子没听清楚。反正问了，也弄不懂是什么地方什么庙。

“怎么念呢？”

“生死事大，无常迅速。”

老人似在咂摸句子的意思，望着挂轴。

松子看来，挂轴墨色枯淡，字迹潦草难辨。

“我不懂书法，不知道究竟是真迹还是赝品……不过，要是赝品，就不会写这样的文句了。卖又不能卖。上面有个‘死’字，谁都忌讳。所以很便宜。比起我们的感受，古时的禅僧思索得更为深刻，所以才写得出这样的话来。”木崎沉默有顷，良久又说:“我当时想，等自己死的时候，把这幅字挂在枕旁，于是就买了下来。可我一时半会儿还死不了，那便送人吧。平时不好挂。其实要挂也没什么,只是我们家她不愿意……不过，等到葬礼啦，盂兰盆节啦，做佛事的时候啦，就可以挂上。因为逢上那种时候，一般不会想到自己，而是想那已故的人。”

寂室的那行字潦草不堪，松子仔细辨认之下，从中自能感到一种高远的意境。

“等您归天之日，我再奉还吧。”

松子很想开这样一句玩笑。当然，这话不能出口，不过，她对木崎老人确已有种亲切感。

然而，松子心里忖道:老少不定，无常迅速，自己未必就死在他之后。照松子父亲的话来说，“天赐”娇妻，幸福美满的木崎老人或许倒能享尽天年，长命百岁也难说。

木崎向佛龛骨灰盒合十致意之后，年轻的妻子也合起掌来。看着她那娇嫩的肩膀和后颈，松子不禁有些难过。觉得父亲若也有个年轻女子相伴，他的血管说不定倒能软化，寿命或能延长。父亲难道不是因为心情郁闷而血脉不畅的吗?

木崎太太带来六七枝小朵的玫瑰花，可佛龛前的花瓶只只都已插满了花，没地方好插，便轻轻放在席子上。

“这是家里种的，剪了几枝带来。”回头看着松子说。脚上的袜底歪得皱了起来。是双新袜子,两只白白的脚,透过薄薄的丝袜能看得见脚掌，松子感到自己的神经很不洁净。

松子闭起了眼睛。

去疗养院探视宗广的路上，在开往江之岛的电车里，松子从窗内看见木崎拿着一枝茶花站在自家院子里。由木崎太太的玫瑰花，松子想起了这些事。

“我去拿只花瓶来。”松子起身走出屋。

昨天母亲送来的那束白花没供在父亲的灵前，就放在松子的卧室里。木崎太太的浅红色玫瑰倒供在父亲面前，松子觉得不可思议。

松子把玫瑰花插在玻璃花瓶里，拿回屋来，木崎便说：

“这坐垫好考究哦。”

“啊，是母亲的……”

松子一怔，把话顿住了。

“真不错。”

木崎挪开腿，手摩挲着垫子边。年轻的太太模仿老人也挪开腿摸着垫子边。

“是你母亲的和服吗？”

“是的。”

是用母亲穿旧的宫古产细麻纱，做成夏天用的垫子。一共有五个，夏季父亲在起居室里用于待客的。尺寸略小，像茶室里用的坐垫。

母亲离家之后，她的东西几乎都没留下，惟独这几只垫子劫后余生。可能因为做成垫子，父亲疏忽了。

“现在琉球也让美国占领了，大概不会再纺细麻纱了。即使纺，成色也好不了。”木崎不无惋惜的样子，回头瞅着妻子说，“家里应该还有信子留下的细麻纱，也拿了做成垫子吧。”

“好的。”

妻子低着头，一面用眼睛量身下垫子的尺寸，一面问：

“搁在什么地方了？”

信子是木崎已故的前妻，向年轻的后妻提起来，木崎倒丝毫没有顾忌。

“不过，做成坐垫有点儿可惜。”妻子说。

“说可惜，却又不肯穿。”

“现在还穿不了，太素……再说，我也不想穿。”

“所以呀，做成垫子不就结了？”

“怎么好坐在你前房太太的衣服上。”

“可你不是坐在她之后了吗？”

“啐，太过分啦！”

妻子脸上飞红。

“你不坐也不要紧，可以给客人坐……”

“让别人坐，那好吗？总归太可惜。”

“你现在不正坐在人家太太的衣服上吗？”

“嗳呀！”

妻子一缩肩，拿开坐垫。

“不碍事，请坐吧……”松子笑着说，“已经有很多客人坐过了……”

松子心里有些儿悲酸。

她还记得母亲穿过这件蓝地碎白花的衣裳。到两国去看烟火的那次，穿的就是这件细麻纱。在河畔饭馆的廊下，人头攒动，幼小的松子坐在母亲穿着这件麻纱的腿上。去户隐山旅行，从奥社回来的路上，傍晚遇到阵雨，母亲用这件麻纱的袖子盖在松子留着刘海儿的头上，说是麻纱不怕淋。

父丧期间，从守夜到送殡，家里所有的坐垫都拿出来了，就连夏天的也派上用场。倒也适当其时，夏天到了。

松子沉入回忆，想着母亲这件麻纱和服的往事。这时，木崎口气庄重地说：

“日前我也提到过，就是你母亲户籍的事。我让市政府给查了一下，你母亲的户籍没有改动。”

“哦……”

“你母亲的户籍还在你们家。就是说没有正式离婚。”

“真的吗？”

松子脑海里一片茫然。

“你父亲究竟是怕闹离婚不体面呢，还是想万一你母亲回家来，打算原谅她呢，再不然，就是有什么别的考虑……”

松子始终低头不语。

“对你父亲来说，这并非什么愉快的事，结果离婚申请书便一天天拖下来也说不定。总而言之，在户籍上，你母亲现在还是他妻子，所以，她也应该有继承遗产的权利。”

“啊？”

“要不要再详细问问律师？”

“先等一等吧……”松子抢着答道。

“你父亲没有遗嘱吗？”

“没有。他死得那么突然……”

“写过什么字据没有……”

“我想是没写过。我也没有仔细去找……”

“是吗？好吧，这回你该知道了，你母亲的户籍还留在这个家里。”

“是。”

“那么，现在剩下你一个人，打算怎么办呢？”

“我想出去找个事做。”

“到你父亲的公司里……”

“不。到父亲的公司里，会给当成小姐，我不愿意。”

“唔？”

木崎怜惜地看着松子，轻轻点了点头。

“后天是头七吧？席上，万一有人提出遗产的事，怕你措手不及，所以先过来看看。”

二

母亲来电话，商量在新桥站见面的时间。

松子刚走出车站正门检票口，便看见母亲站在角落上的小卖店前面。她笑着正要小跑过来，却又立即板起脸转过身去，也不等松子，径自出了车站。

松子在后面追。

母亲飞快地走到出租车站，一只手扶在司机打开的车门上，有些不耐烦，好似嫌松子磨蹭。

“妈！”松子刚要拉她的手，母亲赶紧钻进了车里。

“妈，怎么了？上哪儿去？”

“银座！”

“银座不就在那边吗？走去吧！”松子在门外说着，母亲歇斯底里地打断她：

“不行！快上来！”

等车开起来，母亲这才松口气缓和下来，松子讶异地问：

“妈，您哪儿不舒服吗？还是因为您改了发型，样子好怪呀！”

“呶，你瞧！”母亲把手举到头上，说：“头发一下白了一片哟！自打你父亲去世，两三天的工夫……”

松子瞅着母亲的头发，感到一阵揪心。

“我吓了一跳。一梳头，里面的白头发不全露了出来？为了把白头发遮住，就改成这样梳了。”

母亲的眼神惶恐不安，身子好似索索发抖。

“这是你爸对我的惩罚。松子，真对不住你呀。你爸的事得原谅我……”

“妈！”

“一下子全白的也有。我这些白头发要是叫绀野看见了，有得苦头吃了。”松子一声不响，母亲凝目端详着她，“已经换上夏装了？穿上夏装，年轻女孩儿露出胳膊，真招人喜欢。滚圆的胳膊，显得说不出的年轻。上了年纪，胳膊就看不得了。俗话说，胳膊肘藏不住年纪……”

话里透着对女儿的爱意，却又显出母亲对女儿青春年少的羡慕，这或许是由于彼此分开过日子的缘故吧？也可能是因为母亲跟一个年轻男人一道生活的关系。

西银座一幢小巧漂亮的楼里，有家地下餐厅，直到进了里边，母亲才开口道：

"直到前不久，这儿还归占领军专用呢。媾和之后，日本人也让进了。不过，日本人少，碰不上熟人，不错吧？"

"碰上了又有什么要紧？"松子答道，喝着冰水，向四周打量了一下，客人大抵是带着日本女郎的美国兵。

"讨厌！这种地方……"

"可是，我跟你见面要给人碰到了，谁知道会胡说乱道些什么！"

"为什么？"

"我，是我……"母亲讷讷地说，"岂不是我害了你爸吗？你爸过世，这才几天？叫你爸公司里的人看见，就连你也得给人说闲话。"

松子不觉吃了一惊。

方才在车站上母亲逃也似的举动，松子这才明白个中原因。母亲始终感到内疚，认为罪在自己。

"真难为你能过来。想看看你，简直想得不得了。"

母亲的眼睛忧虑得没有神采，眼圈发黑，微微跳动。汤勺叮当地碰在盘子上。

"那不能怪妈。"松子安慰母亲说。

"不，怪我不好。"母亲反驳道，"尽管我想赶去看你，可是，咱俩之间，有一道黑暗的深渊，那就是你爸的死。是一堵漆黑的地狱之墙，把咱们俩给隔了开来。比铁幕还可怕，那是罪与死的帷幕啊！镰仓就跟来世一样远呀！"

母亲干枯的眼睛一下子便泪水盈盈的。

松子思忖，要是正面去劝，反而徒惹伤神，于是说道：

“妈用细麻纱做的夏天的坐垫……”

“坐垫？”

母亲一时惘然。

“在爸屋里用的，不是吗？”

“哦，那个吗？……”母亲想了起来，说道，“是蓝地碎白花的吗？那还是我二十几岁时穿的。”

“好像是。我还记得。我那时只有这么点大。”

松子说着，一手比着五六岁孩子的高矮。

“挺素是不？现在这年纪也能穿得。”母亲说，“反正细麻纱，年轻人一般也都穿素净的，不过，我从前的衣裳全都挺素，因为跟你爸年纪相差太大……如今，竟害了你爸，出了这样可怕的事。”

母亲两手捂着眼睛，又说：

“啊，我能看见。看见你爸转过脸，忽然倒了下去。”

松子目不转睛地瞅着母亲。母亲的手因长年洗涮，虽在夏天，已经变得僵硬，骨节突出。

“木崎先生直夸那些坐垫呢。”松子沉静地说，“我听木崎先生说，妈的户籍还在家里，是吗？”

母亲从脸上拿开手，睁大了眼睛。

三

吃晚饭还嫌早，便随便吃了一点，然后喝着冰红茶。

卷子是什么时候走进来的，松子和母亲压根儿谁都没注意。觉得有人过来，扭头一看，卷子已站在她们那张桌子的旁边。

“日前……”卷子俯视着松子，说道，“要节哀顺变呀！”

“谢谢你……”

“我本来要代宗广去的，可他说非要自己去不可……”

“哦。”

卷子身旁跟着一个日裔美国兵。他那架势俨然在保护自己的女伴儿，已跟日本人判然不同。

“是夏威夷的远亲……”卷子只说了这一句，没给他们介绍。“松子小姐也常到这儿来吗？”

“是头一回来。”

卷子没向松子的母亲打招呼。母亲是背弃父亲离家出走的，对父亲的死，母亲也不便跟卷子说什么，即使卷子不把母亲放在眼里，就母亲的地位来说也是无可奈何的事。松子心里这么琢磨。

那么，卷子为什么要巴巴儿地跑到她们这张桌子旁来呢？即使彼此看见，在各自座位上点头致意不就结了吗？仿佛有股压力逼过来，松子强忍住心头的不快。

“宗广去吊丧，还喝了酒吧？”卷子歪着头，似乎微微一笑。

“哦……”

“回去之后，又卧床了呢！”

“又不好了？”

“好像是吧。”卷子身着华丽的花绉绸，手上戴着金镯子。问道：“葬礼上，宗广没说什么失礼的话吧？”

“没有，没说什么。”

松子想起宗广说的话——松子父亲之死，卷子最强烈的感觉“是嫉妒！是对你的嫉妒！是女人的嫉妒啊！”

松子父亲去世对宗广震动很大，卷子大概不乐意了吧？

“幸二也不得了。说什么松子小姐穿着丧服，淡淡涂了点口红，好招人爱哟。你也太刺激那有病的哥哥了！”

“对不起……”母亲有些忍不住了，插口道，“这些话你跟松子说有什么用？”

“是吗？没用吗？”卷子盛气凌人地说，“把病人叫去吊丧……”

“恐怕松子不会叫他去的。是宗广少爷自动去的。”

“自动去的……真的吗？那您没去您老公的葬礼也是自动的喽？”

“你！”

母亲的嘴唇哆嗦起来。

“你们母女两人特意凑在一起，打扰了。你父亲去世，打算跟你母亲一起过吗？”

“这算什么话！”

“托你们的福，宗广的病又坏了。请松子小姐常常去探视呀！他准高兴呢。”扔下这几句话，轻轻摇着她的皮包，向对面走了过去。柔和的下摆随着摆动起来。

“竟有这种女人！”

母亲气得脸色发青，绷得紧紧的。

“就是死，我也宁可把那娘们儿杀了。”

“妈！”松子招呼她说，“咱们走吧。”

母亲惦着时间，含着眼泪回去了。她来看松子是瞒着绀野的，所以不能外出太久。

剩下松子一个人，叫了一辆出租车，对司机说：

“请绕着皇宫慢慢儿开。”

父亲是去看那里的青葱翠绿而死的，松子也同样想去领略一下那青葱翠绿。

外出时的来客

一

车从银座开到日比谷的十字路口，遇上红灯，停了下来。

“您说绕着皇宫……”司机回过头问松子，“往哪边绕好？”

“不要从日比谷，不要从日比谷！”松子顺口连连说。

当时母亲在电话里只是说“日比谷公园那儿的护城河边……”，究竟在哪一带不清楚。而且，给父亲开车的司机半晌没发现父亲倒下去。送父亲去的医院又在赤坂见附那里，可见汽车是经过日比谷、樱田门、三宅坂，沿护城河跑的当儿，司机才发现，然后绕过国会议事堂，在赤坂见附那里下车。

父亲在日比谷那里倒了下去，所以松子无意中想避开那里。

松子因母亲匆匆离去，以及方才意外遇见卷子，这些事搅得她脑海里一片茫然，不知不觉来到日比谷。

“到司令部那边去吗？”司机边问边向右面拐去。占领军司令部大楼刚刚退还给保险公司，司机依旧说成“司令部”。

松子朝司令部那边望去，铁门关着。巨石垒成的大楼紧闭着，渺无声息，凝重的内里仿佛藏着什么，松子觉得阴森可怖。那是一个沉默的怪物。也许因父亲去世才有了这种感觉。

“请开到护城河对面去吧。”松子说。

车从马场先门朝着二重桥，开进了皇宫前的广场。

小松林的影子投在青草上，格外鲜明。草坪十分开阔，夕阳下，松影斜长，一色儿伸向松子这面来。余晖映得草坪碧油油的一片。

松子顿时感到头脑清爽起来，母亲含泪归去的身影，分明地浮现在眼前。

为什么那样掐着时间，非赶回去不可呢？这是父亲去世后松子头一次与母亲见面，可母亲惴惴不安，像有人在追她似的。

松子在想，倘如母亲同绀野之间，真像夫妻那样相亲相爱，彼此信赖的话，母亲就不会那个样子了。说母亲幸不幸福还在其次，倒是她的生活岂不是整天这样惶惶不可终日的？

她又联想到卷子和宗广，他们的日子不也跟母亲他们很相似吗？

母亲背离了父亲，宗广遗弃了松子，他们移情别恋的结果，使松子受到两次深痛巨创，如同失去世上的一切，不胜悲伤。然而，他们两人眼下的情景又是怎么一回事呢？母亲陡生白发，宗广则眼圈发黑。新的爱才不过几年光景……

松子并不认为是他们受到惩罚或遭到报应。更何况她也不认为父亲与自己能够报复他们。

父亲一死，家无亲人，只剩一个女佣。孤零零一个人，凄凉寂寞之情愈来愈重，因而也变得更加善解人意，深深祈求母亲幸福。就目前来说，母亲的幸福，恐怕就是同绀野能和和睦睦过日子。母亲虽抛弃了同他们父女的和睦生活，但松子终究不能不希望母亲能生活得和睦幸福。

剩下松子孤单一人之后，似乎会想同母亲一起生活，可是实际上她却不作如是想。现在母亲已是同绀野生活在一起的人了，松子依旧抛不开这念头。是因为她心太硬，不像个女孩子？抑或是出于自私的打算，怕母亲将来成为自己的负担？松子思前想后，连自己都觉奇怪，同母亲之间竟增生一层隔阂。而且，母亲同绀野在一起，毕竟也是无可奈何的事。

不论母亲也罢，宗广也罢，他们伤害了别人，不顾一切追求到手的爱情，却转瞬就感到幻灭，弄得疲惫不堪。看到他们的结局，就更加重松子要独自过活的念头。

汽车拐向广场的左边，经过日比谷公园后面一角，从樱田门朝半藏门方向驶去。

河畔的柳色尚嫩。对岸的青草倒映在水中。

来到右侧是千鸟渊、左侧是英国大使馆前面时，司机说：

“从这里上竹桥吗？”

“好吧。”

松子颔首同意。

父亲倒在车里，载着他行驶的那段路已经过去，松子这才松了口气。

下了竹桥，便看见《读者文摘》社的白楼，松子突然开口道：

“开到饭田桥去吧。”

究竟要不要到母亲的公寓去，她还没打定主意，但忽然心血来潮，想去那儿附近转转。

一到水道桥，便听见后乐园里赛车的嘈杂声。从饭田桥直到过了牛込见附，松子始终默不作声，让汽车径自开过去。河边垂钓的人闯入松子的视野。人多得挤来挤去，几乎到了肘碰肘的程度，一字排在岸边，将钓竿垂在浑浊的水中。

“哟！”

松子很惊讶。这么多人能钓到鱼吗？究竟有什么可钓呢？

位于东京的市中心，两岸又有东京都营电车和国营中央线电车来来往往，河水浑浊不清，居然有兴致在这样的河上垂钓，松子真不能理解。但无论如何，终归有如许的人聚在那里。不仅小孩子，还有很多大人。护城河划分为牛込见附、新见附和市谷见附三段，似乎只有中间那一段才是垂钓场，前后两段的河面上，游艇点点，没有垂钓的人。在路上居高临下，看得见一对对划船的人，水面很窄。

松子觉得很有趣，看看那些小舟，又回望垂钓处，蓦地一缕凄凉之感袭上心头。在这种地方用钓鱼来消磨时光，难道也是人的一种营生吗？

想着想着，母亲在公寓小厨房中准备晚饭的身影浮现在眼前。母亲会见女儿，已用过简单的晚餐，回去后竟不敢告诉绀野，生怕外出耽搁了做饭，想必一定在那里紧张忙碌吧？

松子终于打定主意，不到母亲那儿去。

二

松子从新桥上了回镰仓的横须贺线电车。

刚要在老婆婆前面坐下来，让她的手杖给绊了一下。老婆婆一只手扶着那根樱木手杖。

“哎呀，真对不起。”松子慌忙扶住手杖，竖在自己跟前。老婆婆并没靠在手杖上，只是轻轻扶着，所以对松子的举动毫不介意。老婆婆两脚搁在座位上，缩成一团坐在那里。背驼了起来，显然因年迈而身体变小了。

松子忖道，恐怕相当老了。一旁陪着她的是位年纪与松子相近的姑娘，大概是她的孙女吧？模样长得很像。老婆婆却看着更顺眼。那姑娘戴着近视眼镜，是那种镜片上面有一条银边儿的镜框。穿了一件黄色布连衣裙。松子觉得黄色太浓了一点。

窗外天还很亮，而车里已经点上了灯。

姑娘的白网眼手套有些脏。戴的两只水晶耳环，看着有些别扭。但鬓角上的头发却因此显得格外地长，一直长到耳垂下面的水晶球那儿。

姑娘不停地跟她祖母说话。因为只顾说话，甚至连松子坐到她们跟前都没注意到似的。

祖母将一方叠得整整齐齐的手帕放在膝盖上，不时拿来擦眼睛。眼睛已经眍得很深。不是眼眵，而是自动流出的泪水。脸颊瘪了进去，皱纹松了下来，纵横交错仿佛打成一个个小结似的，直到嘴边。嘴也瘪成一点大。没有牙齿的嘴唇软乎乎的，已失去了弹性。说话时，下唇像舌头一样努了出来，变成蛮可爱的地包天。

祖母只不时应上一两句，对孙女没完没了的絮聒没有嫌弃的样子。看上去孙女说也无心，祖母听也无心。老婆婆的耳朵大概还挺好使。即便有点聋，祖孙间的对话也照样能彼此会意。甚至于一句话都不说，彼此恐怕也能灵犀相通。从两人的神情可以感觉得出，平素在家里，想必是以心会心的。

也许因为姑娘戴眼镜的缘故，样子显得不大和悦，等到了她祖母的年纪，那时，她的表情想必就会变得同她祖母一样慈祥了吧。

姑娘跟祖母很亲，给她掩好衣襟。

松子羡慕不已，想起了自己的母亲。她发现，在这些地方，也有女人的幸福在。

恐怕从孙女出世，祖母就疼她，一手把她抚养大的吧？如今颠倒过来，祖母变成了孩子，孙女对祖母，倒像做母亲似的。

如果松子和母亲在一起，两人相依为命，那么，自己也会出之自然而无心，母亲也会这样，两人想必会很快慰吧。母亲离家以后，松子对父亲多少代替了母亲的角色，很自然地照料父亲的起居，父亲对松子也多少像母亲一样操心。但是，母女之间，祖孙之间，这种女人之间的骨肉亲情，更加自然而安妥，于是，松子便十分怀恋起母亲来。

松子在镰仓站下了车，没有乘公共汽车，深深吸着夏夜的空气，一路走了回去。

“想要独自一人生活下去，难道是因为离开母亲的缘故吗？”她自言自语道。

回到家，门口摆着一双男人的鞋，一看就知道是宗广的。听见客厅里有电扇的声音。宗广的一双黑皮鞋，只在父亲送殡那天看见过，并无特别之处，松子为什么记得那样清楚呢？

松子为让心情镇定下来，先进了自己的卧室。向随后跟进来的女佣问道：

“客人几点钟来的？”

“好像是五点来钟吧？他说要在这儿等您……”

“给他上饭了吗？”松子若无其事地问。

“没有。他说要酒，已经喝过了。”

“是老爷的白兰地吗？”

“嗯，是白兰地。”

“还有剩的？”松子蹙起眉头说，“好了，你去吧……对了，冰箱里要是有麦茶，给我一杯。”

“好的。头七时客人送的梅龙瓜还有四个，我冰上了一个。给客人切一盘吧？”

“那好。”

说是五点钟，正是松子在新桥站与母亲会面，并在餐厅里用饭的当儿，卷子和那个日裔美国兵走了进来，那时，宗广正在家里等自己。

在电车里邂逅那位老婆婆和她孙女的平静心情，顿时消失得无影无踪。

而且，家中虽有女佣，却只有一个姑娘家，一个大男人夜里赖在人家里不走，现在居然碰上了这种事，一想起来松子就浑身发紧。

听卷子的口气，宗广给父亲吊丧之后，病又复发，好像一直卧床不起，松子觉得有些发怵。

坐在镜前，擦掉外出时脸上的脏物，但究竟化什么妆，似还没拿定主意，凝视着自己的眼睛，这工夫电话铃响了。松子站了起来。是母亲打来的。

“妈吗？您怎么了？”松子低声问道，“您在哪儿？”

“在公共澡堂。”

“公共澡堂？”

“是呀。吃完饭，我说去洗澡就出来了。这是借的澡堂的电话。”

澡堂的电话摆在什么地方呢？在收款台那儿吗？还是在里面？宗广

还坐在客厅里，松子觉得不便说什么，但是感到母亲去借澡堂的电话，未免太可怜了。

“喂喂，从那儿回去后，他唠叨个没完，我就照实说了。那事也说了。”

“什么那事？”

“户籍的事……”

松子不做一声。

“于是呢，他说要见一面，要见你……”

“什么？”

“说不定会上家里来，所以我先给你透个信儿……”

松子立即果断地说：

“他来可不行。我不同意。不能来！要来，我来见他。”

“是吗？”母亲低声说，“那我跟他说说看。”

会是绀野想要母亲的户籍吗？抑或是像木崎老人担心的那样，是看上了父亲的遗产？

松子想，现在自己孤身一人，谁知会有什么祸事临头？

三

松子没法儿跟宗广说什么“您来了”或是“让您久等了”这类的客套话。

但她一进客厅，宗广便说：

“你回来啦！”右肩向上一耸，他这毛病不知是什么时候养成的。“是我要在这儿等你的。因为是病人嘛，不能经常来。”

松子眼睛没看宗广，说道：

“如果父亲在世，你来我们家也会等我吗？”

“你说什么？”

“算了。你要是明白……”松子抬起头来，问道，“又喝酒了？”

“说这话的，只有松子你呀！令尊出殡那天，你也说过，你喝酒了？那声音好温柔，我可忘不了。”

“说到哪里去了！当时觉得非常讨厌，非常反感。”

“也许是吧。不过声音可嗲得很哩。”

“伤心都来不及，谁还记得是什么声音。”

看样子宗广方才躺过，母亲用宫古产细麻纱布做的坐垫，三个排在一起，他坐在其中的一个上面。松子感到很腻味。难道是忘了把坐垫收起来，堆在客厅的角落里吗？如果父亲在世，松子准会挨骂。

她真想把另外两只不用的垫子收起来，但又不便把手伸到宗广的身旁。

“伤心都来不及？”宗广仿佛自我解嘲似的自言自语道，“伤心都来不及，能发嗲吗？说是伤心，说话却嗲声嗲气。不过，那也要看是什么人说的。”

松子用生硬的声音说：

“今年春天我去过医院，对吧？我已决定从此再不见你了。”

宗广如同未闻，依旧自说自话：

“难怪你说什么伤心的时候，从前你可是很爱哭的。女人一哭，我就受不了。日本的情侣爱做出愁眉苦脸的样子，男的腻烦了渐渐疏远了女的竟还不知道，不记得是哪本书上这样写的，我深有同感。倘若女人爱吃醋，哭哭啼啼的，恋爱也罢，结婚也罢，对不起，碍难从命。还不如随便找个女人玩玩倒更省事。你要是不那么爱哭，保不准就跟你结婚了。卷子人虽没什么长处，却不至于因为吃醋就哭哭啼啼的，所以……”

松子受不了这种侮辱。一阵怒气攻心。

“你这是在侮辱你自己是吗？”

“也许是吧。”不料宗广竟老老实实承认，“说不定那是我生病的前兆。神经烦躁不安，你一哭，简直就受不了。没有一点耐性。生了病，身体一弱，变得任性自私，这也是有的。”

宗广的右肩又耸了起来。或许是哪一边的肺有病的症状吧。但松子觉得，宗广人并不像卷子说的那么病弱。脸颊倒是消瘦了，眼睛也发青。

“你等我，就为说这话吗？”

“不是。”

宗广眯起眼睛，询问地说：

“听说你决定要跟幸二结婚……”

“是谁这么说的？”

“卷子说的。也许她是从幸二那儿听来的。不过，她说看见你同幸二在日比谷公园散步来着。”

“岂有此理！”松子吃了一惊。“那不是你太太她自己吗？方才，我刚见过她呢。”说着，霍地起身跑开了。

“松子！”

宗广要追她，刚要站起来便打了个趔趄。

头发

一

虽说是同老女佣两个人，可在松子来说，还是孑然一身。自打一人生活之后，她想尽快把镰仓的房子卖掉，便去找木崎老人商量。

“那倒也好。”木崎不以为奇，说道，“但也不必太急。至少在你父亲的百日之前，还应留在你父亲的这个家里。”

“为什么？”

“七七还没过吧？”

“没过。”

“你年纪轻轻，也许早些开始新生活为好。可是，一个女孩儿孤零零地捧着先人的骨灰罐离开家，那情景也太可怜了。再说，人刚死，马上就把房子卖了，别人会说长道短，连你父亲都会受连累。”

松子点了点头。

“这且不论，现在已是夏天，要卖也得到秋天才能卖掉。不过，镰仓的房子也许不至于。说不定有些公司需要宿舍夏天避暑用。以目前情形看，即使再等些时候，也不必担心房产落价……”

“那就到秋天再说吧。”松子很痛快地说。父亲的灵魂还留在家里，一种要守护这个家的心情油然而生。

“就这么办吧。我也给你留心。买卖房子有点像做媒，也要碰运气。有的一谈就妥，有的像似差不多了，却总也谈不成。”

面对着木崎老人，松子心里的一团乱麻好像解开了似的。

“房产不会跌价，捏在手里也放心，要是还有什么股票之类的，我也给你注意一下行情。近年来，你父亲像个世外的隐士，没准儿有些公司快倒闭了，股票还放在那里没动。不知是身体不合适还是什么缘故，总是无精打采的，什么都提不起劲儿。从前他对工作可是非常严格……”

“哦。”

“性情那么刚烈的人，忽然变得意气消沉，就不怎么好。还是像我这样天生迟钝的好……”

松子望着木崎那慈祥的面孔。人也略显福态，脖颈较粗，肤色与父亲不同，脸颊没那么红，耳朵下面还很白净，也不显老。

“能不能请您搬到那儿住呢？”

“我？搬到你父亲的房子去？那敢情好啊。”

木崎的脸上没一点儿意外的表情。

“您搬过去住，我想父亲他一定会高兴的。”

让木崎买下房子，松子不是没考虑过。可是，觉得难以启齿，说不出口来。没想到，见了木崎，居然脱口而出。

“虽然有点旧，可比您这儿的房子要强。从电车站都能看到家里面。”

“看见又怕什么？家里又没人干坏事……”木崎毫不在意地说，“住惯了，压根儿就忘了电车里还有人看。乘客都是些不相干的人，不相干就不会往人家里看，车一下子就过去了。即使看了，也没什么奇怪的事，谁也不会放在心上。夏天的时候，尽管敞着门窗，我们家里也没有值得一顾的家具。”

松子低着头。

“当然，我不是说这房子好，那是没法儿跟你们家比的。”

“我父亲说过，现在这座房子对您实在太简陋了。不久老天爷准会赐您一座好房子……”

“老天爷赐我……”木崎微微一笑,想了想说,“既然说是老天爷所赐，那我就不能不买喽。我跟内人商量商量看。”

“哎呀！我可不是为了让您买房子才这么说的。我父亲他真的说过这话。天赐给木崎先生以年轻美貌的妻子，想必不久也会赐他一座好房子的吧。您的为人品德，他非常钦佩。”

“是吗？你父亲他说过这话？”

木崎仿佛在望着远处似的，凝目瞅着松子。这时，电车越来越近，便说：

“电车来了。咱们瞧瞧乘客是不是往家里看。”

星期日的电车只有两节车厢，里面乘满了孩子。大概是去江之岛郊游的小学生吧。没有一个孩子往车站上面的人家看。

电车开出后，孩子们热热闹闹的声音依然回荡不已。

“怎么样？没人看吧？”

“因为是些孩子嘛。我就从电车里看过。”松子红了红脸，说，“那时您在院子里，拿了一枝茶花，正在看信。”

“茶花？不记得了。”

“是春天的时候。”

她想起当时是去探视宗广，不免有些羞涩。

决意把房子尽快卖掉，也是因为宗广。

看见木崎手拿茶花的那天，她本是去跟宗广诀别的，可是宗广居然来给父亲吊丧。即便这不算回事，然而，松子去看母亲回来，宗广酒气熏人地竟赖在家里不走。而今，家里已经没有人能够挡住这个不速之客了。

明明是自己的家，为了把宗广赶出去，松子没有别的办法，只好逃到外面。

宗广追出来的时候，松子是光着脚跑到院子里的。

“松子！”宗广肩膀一起一伏，喘着气说，“病人要摔倒了，你扶一把不行吗？”向松子逼了过来。松子往后一步步退着。

“卷子她，你是在哪里见到的？”

松子没有回答。

“哼，恐怕她不是一个人吧？一定是同什么人在一起。”

宗广背对客厅里的灯光，松子看不清他的面孔，却听得见他那粗重的喘息声。

“管她怎么的。”宗广讥笑地说，“你看见卷子，反倒是好事。怎么样？我们的婚姻如何，你总该明白了吧？”

“不明白。”

“不明白？卷子穿着时髦，到处招摇，而我一个病人，看看我们两个，你会不明白？”

“不明白。”

“卷子在背弃我的时候，我却在这里痴痴地等你。我可是硬拖着病体来的。”

“那不关我的事。”

“不关你的事……你说不关你的事……跟你才有关系呢！一度相爱，这关系是不会消失的。”宗广向前伸出两手，好像是要倒下，又像是要去抱松子，猛地扑了过来。

松子为躲避他，一脚踩进胡枝子花丛里，一趔趄，右手臂给抓住了。她使劲地甩手，宗广倒在她身上，压得松子跪了下去。

宗广的右手一把揪住松子的头发。

松子一声不吭，奋力站了起来。感到一阵剧痛。

“哎呀！”宗广叫道，“头发……松子，头发揪下来了！”

这时，松子已离开两丈来远，跑到客厅的廊下，看见宗广手里好像捏着自己的头发，不禁涌上一阵憎恶之情。

“回去！请你回去！”

宗广呆呆地望着手里的头发。

“头发揪下来你都不叫疼，你变得很坚强啦！”宗广有气无力地说，“看样子，我再解释再道歉，你都不会原谅我的了。可我曾经拥抱过你的呀！”他凝望着松子，接着说：“你的头发，我收下了。”他把头发掖进裤子口袋。这时，松子仿佛全身失血似的，感到浑身冰凉，连忙躲进家里。

不知头发揪掉多少？她懒得去照镜子查看了。

但又忍不住要看。坐在镜台前，将头发拨开，倒也看不出。只是事后很痛，第二天甚至肿了起来。

去木崎家的那天，头皮还痛着呢。

自从宗广来的那天晚上，松子的情绪一直十分亢奋，现在木崎老人的慈祥和蔼使她镇静下来，能够安适地坐在那里。

松子是一袭简单的夏装：白衬衫配一条蓝裙子。衬衫无袖，露出浑圆的肩膀，光溜水滑，好一派女儿家的雪肤。

“多待会儿吧。趁好天气，又是礼拜日，内人带孩子去海边，马上就会回来的。”木崎说。

二

“一度相爱，这关系是不会消失的。”那天晚上宗广说的这句话，宛如尖刺一般扎在松子心上。

时至今日，宗广竟然还说这种话，松子实在感到奇怪。这恰恰应该是松子对宗广说的话。

倘如爱情已经破灭，爱的关系却还没有消失，那么，那责任岂不是应由毁掉爱情的人来承担吗？

宗广抛弃松子而同别人结婚，这婚姻不美满，跟她松子有什么关系？抛弃松子的病人要摔倒，凭什么非要她去扶不可？

说起来，宗广究竟为什么要甩掉自己去同卷子结婚，松子至今依然弄不懂。她去疗养院探视也罢，宗广上家里来也罢，在松子看来，她不相信宗广能坦诚说出真心话。

也许是由于生病，也许是由于婚姻，宗广变得非常厉害。说话别别扭扭，人也乖僻得很。

“可是，被遗弃的人对被遗弃的理由，岂能想得通！”松子又自怨自艾地说，“想不通，还不是因为自以为是嘛！”

男人仅仅因为厌倦便遗弃女人，这种事是常有的。像宗广说的那样，因女人哭哭啼啼而把她抛弃掉，这事也有。单单夺去处女的贞操而又弃之不顾，这种事恐怕也容或有之？

而且，同松子分手之后，宗广变得颓唐起来，是松子出于自尊的一种看法，或许宗广从前便是那样一个人。

他所说的“关系”云云，也是松子先说的。假如把这个词换成另一种说法，那么，一度相爱之后，“某种东西”是不会消失的。对此松子有切肤之感。

对于恋爱或是结婚，每逢松子像少女一般去幻想的时候，立即会碰上自己已非处女这堵墙，幻想的翅膀顿时惨遭摧折。

失去处女的贞操，难道连幻想都不容许了？与其说是不容许，其实还不是自己害怕去那样空想！

如今她思前想后，终于明白了一件事：父亲在世的时候，也许是有父亲可以依赖，她从没把一切都摊开来正视自己的实际处境；对于未来，更没有这样去想过。

首先，父亲在世的时候，松子一次也没有活灵活现地梦见过宗广。

所谓活灵活现，便是梦见被宗广拥抱。

一旦午夜梦回，松子叫出声来：

“啊……”苦闷地翻过身去，埋在枕头里幽幽地哭泣。

想起宗广把自己的头发掖进口袋里，松子顿时泪干泣停，陡地坐了起来，惶恐地在黑暗中环视。

“可我曾经拥抱过你的呀！”仿佛听见宗广的声音。

松子忽然发觉，对于失去处女之贞操，自己无论惋惜，悲痛，悔恨，憎恶，甚至诅咒，这都不应该。失去的总归是失去了，自己若不能切切实实地承认，是绝不会得救的。只会留下向往纯洁无瑕的感伤。

然而，要是切实承认失去处女的贞操，又怎么样呢？松子并不清楚。

难道说，只有承认同宗广的爱是真实的，否则便无法从悔恨中解脱出来吗？

错过了睡意，倾听着梅雨淅沥，松子曾有过这样的不眠之夜。

三

幸二来电话告诉松子，说宗广和卷子离婚了，那是刚刚七月初的事。

“哥哥还说，想要见你一面……”

“哦。”

“我去医院看他，便让我来求你……”

“这会儿在医院里吗？”

“我吗？在东京。”

“我猜也是。”

东京来的电话，先由接线员通知，松子有些困惑。

不过，她果决地说：

“我不会再见你哥哥了。”

“是啊……我哥又是那样……最近他的病也……”幸二有些吞吞吐吐，这在电话里也能感觉得到。“还有……说不定姐姐会到你府上去呢。”

“卷子？干吗？”松子一惊。

卷子同宗广离了婚，到松子家来做什么？

“来，我也不会见的。”

“嗯，就这样，对了，我也想见见你。有些话要说。今天，能来看你吗？”

“不，还是我去吧。”

不知为什么，松子突然之间脱口这样说。

约好在普利司通美术馆等，便挂断电话。

松子想起上一次在美术馆遇见幸二，一边看画一边说话的情景。如有难以启齿的话，则有绘画可帮忙。

松子上了二楼，站在美术馆的门口，幸二正坐在展室的凳子上，看着对面的画。

在他面前是一幅塞尚的自画像。

松子想招呼他，蓦地噤口没有做声，一动不动地站在门口。倒不是由于被什么打动，才站在那儿凝立不动，她忽然有种尘心一洗之感。一个意想不到的天地展现在她眼前。

并不是松子专注地看了某一幅画，而是多幅画同时映在她的眼中。置身室内，松子好似环绕于美的交响之中。

幸二没有穿上衣，就连他的白衬衣也宛如浮在色彩的波浪上。

松子默默走到幸二的身后。

幸二一回头，猛地站起来。

“好快呀。我还以为收拾收拾再离开镰仓，得等上半天呢。”

“没什么好收拾的。让你等了吗？”

“我也刚来，一进门迎面便瞅见这幅塞尚，正在看呢。”

幸二的眼睛闪着光辉，是因为看了画的缘故？上一次松子曾经这么想过。他用那样一副眼光瞧着自己，好像自己也是什么美好的东西，松子给瞧得很难为情。

“塞尚的《自画像》是新展出的。”幸二说，“每次到这儿来，塞尚的画儿一次比一次好。这幅《自画像》你先看上一会儿，然后再看那幅《圣维克图瓦山》。”

自画像的两侧横头是小品素描《浴》。左面悬挂的是《圣维克图瓦山》和一幅小品《静物》。

“陈列的地方不是上次那面墙了，可能因为展出《自画像》的缘故。”

松子点了点头。

幸二也沉默了一会儿，然后开口道：

“电话里，我太失礼了。哥哥他想见你是他的事，要见自己见好了，跟我没关系。对我哥这个病人来说，这话也许太无情了。可是，我不想介入你们两人之间的事。然而，他终究是个病人……”后面的话便含糊其词听不清楚。

“你哥他不大好吗？”

“不怎么好……跟姐姐离婚，可能受了点刺激……”

幸二好似要避免跟松子照面，移步到塞尚右侧的雷诺阿的画前。

“我不愿意替他传话，他便说什么‘你自己想同松子结婚吧’，骂了我一顿……”

“怎么这样！”

“随他想好了。”

“最近你哥哥到镰仓我家里，也说过这话。”

“不论我多么想娶你，我哥他应该想想，我究竟能不能那么做。”幸二的声音有些发颤，“恐怕是不能那么做的。这也是为了你的清白……”

“清白？”

松子险些随口这么反问，幸而没有做声。

“即便同我哥，我以为还是不见面为好。这也是为了你的清白……”

松子感到眼中似有一团火在燃烧，脚下几乎站立不稳。这当儿，幸二转过半个身子。

对面墙上好像是一幅西斯莱[1]的画，初夏的河畔，成行的绿树，映入松子的眼帘。

1 西斯莱（Alfred Sisley，1839—1899），生于巴黎的英国画家，与莫奈等人创立印象主义绘画，擅长描绘风景，代表作有《马利港的水灾》《卢夫西恩的雪》等。

真实与铃声

一

“为了你的清白……”这话幸二重复了两次，松子什么话也说不出来。

松子至今没想过，要同幸二结婚，就是真的想，也不能那么做。

可是，幸二说，自己即使想娶松子，“恐怕也是不能那么做的。这也是为了你的清白……”话里似乎带着反意。

若不是反话，那就是讽刺。

然而，幸二的语声发颤，透着真情。

西斯莱画中成排的绿树，看得松子眼睛一片模糊。

“看画也挺吃力的呢。”松子无力地说，“里面陈列室的还看吗？”

“不看了。为跟你约会才选在这里……今天看一幅塞尚的《自画像》就足矣。”幸二似要解除松子的困惑，便又说，“我不习惯跟女人约会，所以，坐咖啡馆或在车站，一副等人的面孔，挺难为情的，坐不住，而且一动不动地坐等，也没那份耐心。在这儿嘛，可以看看画……”说着轻声笑了笑，靠近松子，然后朝门口走去。

于是，松子想起那个阴雨的冬日，曾经在有乐町的车站等幸二的哥哥宗广，竟等了三个小时，冻得小腹冰凉，一到家，母亲就说：

“做女人，这就仁至义尽啦。”给自己喝了葡萄酒。

宗广总让松子在上下车人多的有乐町车站这些地方等他。

很多女人或坐在月台上的长椅上，或站在检票口，再不然就靠着墙等情人，而松子也曾经被迫成为其中的一个。松子很惊讶，有那么多的女人，她们都在等各自的情人。这些女人之间，除了等情人以外，彼此毫不相干，萍水相逢的陌路而已，只有等情人这个共同点使她们有种默契，谁都不觉得难为情。但因为她们等的是各自的情人，所以，也许没有哪个聚会能如此缺乏共同点。她们彼此间既没有同情也没有敌意，在同个地点，有相同的条件。可是，松子到有乐町站去过几次，好像从来没碰见过相同的面孔，同一对情侣。简直是不可思议。

有时松子会忽生疑窦，车站上那些神情像等人的女人，同店里等候光顾，尔后一个个接客离去的娼妓，岂不很相像吗？在那些女人中，难保没有真娼妓或准娼妓混杂其间。过去有种看法，认为“婚媾亦即卖笑”，这种观点现在也并无多大改变。这样一想，那些等候男人的女人，一个个给男人领走，从车站上就已成双作对，这未始不可以看作是婚姻市场的缩影。给领走之后，不论是欢乐也罢，悲哀也罢，幸也罢，不幸也罢，总而言之，一旦等到了人，她们脸上顿时豁然开朗，忙不迭地奔了过去。

松子之所以生出这种自虐的念头，多半因为让她等得太久的缘故。稍微等一会儿，不失为一种乐趣；太逾常了，便会叫人心急如焚，焦躁不安，难免不胡思乱想，自怨自艾起来。甚至认为自己如同罪人示众。等到两脚冻得冰凉，眼泪都会涌上来。简直没法儿抬起脸来。

战前，把情人相会称作“幽会”，巡捕要逮人的，报纸上也时有报道。

当松子不得不等上一小时的时候，便感觉到了“幽会”的后果。

宗广和松子他们两家，父辈都是熟人，松子死去的两个哥哥同宗广和幸二兄弟也常来常往，他们不必在外“幽会”，完全可以登门互访，也可以电话相约。

不过，对松子来说，那种秘密的喜悦也未尝没有。

“秘而为花，不秘则不成为花。”松子有时拿世阿弥[1]的这句话来比喻和咂摸自己的爱情。

外形上虽是秘密，可是，当松子知道自己的秘密已为父母察觉时，这秘密便使她不胜痛苦了。

前几天，宗广揪下她一绺头发的那晚，羞辱她说：“从前你可是爱哭得很哩。”随即，松子打心眼里瞧不起宗广。可是再往后，回首往事，又觉得宗广没说错，那时自己确实爱哭。

失去贞洁的当时，松子哭了又哭，简直哭得无休无止。她没有伏在宗广的胸脯上哭，而是一个人抱着膝盖哭。那哭法是绝对独自一人的，绝对孤零零的。

与其说是责备或憎恶宗广，这些都在其次，她只顾悲哀，恨不得把自己撕碎。

宗广想温言软语安慰她，把手搁在她肩上，松子一扭身将他甩开。

宗广很扫兴，手指卷着前额上的头发说：“好难说话的人哟！”像从远处打量松子似的，“咱们不是相爱吗？既然相爱，别哭得那么凶好不

1 世阿弥(1363—1443)，日本室町时代古典戏剧“能”的演员与作者，所著《风姿花传》(1400)是有关能的经典理论著作。“秘而为花，不秘则不成为花”，见该书第七章《另纸口传篇》。意为：演员要保守绝活的秘密，否则便达不到较佳的艺术效果。

好……就算我有什么不对，既然相爱，也不是没法补救的嘛。这跟你遇上歹人总归不同吧？你该想想，对方是我不就行了嘛。”

然而，松子哭得越发不可收拾了。

此刻，松子一边从美术馆二楼下楼，一边想起当时的情景。因哭肿了眼睛感到为难，在新桥站放过两班横须贺线的电车。一个多小时里，一会儿用冰凉的手心捂捂眼睛，一会儿抻抻裙子下摆。

幸二没有戴帽子，在松子前面先下楼梯，理的发型很像从前的宗广。

住院以后，宗广改了发型，跟以前不一样了。幸二大概去的依旧是原先那家理发馆。

二

一出普利司通美术馆，幸二就朝京桥走去，松子以为又要去银座，不料他向锻冶桥那边拐了过去。

从东京都政府前到马场先门那一带，成排的绿树在夏日的夕阳下，银光闪闪。于是，又被诱向那里。

幸二似有什么难言之隐，便说起：

“这儿一排排的大树，到了夏天非常茂盛，我很喜欢。”

“明治神宫绘画馆前那一排排的银杏树也挺大的呢。”松子说着，抬头仰望那有茂盛之感的一排排大树。这时，幸二说：

“我哥哥是几时到你家去的？”

松子没有言语。

“我哥哥要同姐姐——现在已经不是姐姐了——离婚，或许他是去告诉你这件事的。如果是离了后去的，便是去告诉你他已经离了婚。”

松子依旧默不作声，只管走路。

“其实，要说他们两人究竟是什么时候分开的，恐怕很难说得清。说不定结婚之初就分开了……所以，到底谁要分开，也很难说。”

“方才电话里听到这事，我吃了一惊。不过，跟我……”

“我认为这跟你没关系。我方才说，还是不见我哥为好。”

“你还说，你哥同我的事你不想介入。”

“是的。”幸二挑起他那双浓眉，说道，“可是既然是同胞手足，身心均受束缚，有时也很苦恼啊。跟别的动物不同……这种血缘上的紧密联系，对人来说，有其利也有其弊……”

松子猛可点了点头，等着幸二再说些什么。口中露出一排又细又白的牙齿，那林木的翠绿仿佛映在她的皓齿上。

然而，幸二并没有接着说下去。

松子的口气像在回顾往事似的说道：

“尽管提到你哥和我，可他和我的事究竟留下些什么呢？我真的不大明白。最近这一次见到你哥，他说一度相爱的关系是不会消失的。听到这句话，我已没有眼泪可流了。因为从前眼泪流得太多了。”

幸二走了十来步后说：

“我呢，中学的时候，很喜欢北原白秋[1]的这句诗：‘却想起，真实与铃儿叮当’。反复念上几遍，便好似能回忆起什么美妙的往事。可是，一个中学生哪里会有‘却想起，真实与铃儿叮当’那样美妙的回忆呢。”

那么现在有那样的回忆吗？还能记得松子的事吗？

1　北原白秋（1885—1942），日本现代著名诗人。诗篇抒情而华丽，富有象征意蕴，代表作有诗集《回忆》《邪宗门》等。

“‘却想起，真实与铃儿叮当’，前面一句是‘那旅途，虽是一路真实……’诗名叫《朝圣》，中学生好像很喜欢这首诗。”

“是朝圣途中摇的铃吗？”

“大概是吧。”

“即便不是朝圣的铃，要想回忆什么，可以摇一摇随便什么声音动听的铃……不过，美妙的回忆却少得很。”

一排排绿树十分繁茂，在对面皇宫的石墙上投下一道树影。

“方才站在塞尚的《自画像》前，心里一面在想，令尊真是了不起。你同我哥的事刚开始不久，他就把我叫去，问我：你们家对松子有什么看法？然后令尊说：我看他们两个还是分开为好。我当时一怔，什么也说不上来。令尊还说：你作为宗广家里的人，请了解我的这番意思。至于提亲，令尊想必不会同意，所以事先跟我透出这个话。也许他的意思是要我告诉哥哥，好叫他对你死了这份心。”

“我一直不知道。”松子喃喃地说，父亲一张大大的面孔压在她的心头。

幸二提起中学时背的一句诗，使松子也想起小学时学过的一句老话：“身体发肤，受之父母，不敢毁伤，孝之始也。”[1] 而松子竟如同恶梦一般，将之给了宗广。她爱过宗广，何以会像恶梦一般呢？

“所以，你虽然没同哥哥结婚，我认为令尊也不会难过的。”幸二接下去说道，“得知令尊的想法，便从我的角度同哥哥说，你同松子是不可能成婚的。哥哥听了当然认为我是出于嫉妒，我们之间吵得很不像话。不久，哥哥得了病，更加重了对你本来就有的自卑感。生了病，人也变

1　此系《孝经·开宗明义》中的一句话。

了，同姐姐结婚后就更变得厉害了。身体有病，性格也往往会出现病态；行为一颓唐，性格也随着颓唐。健康与道德，有时是一个抵抗力的问题。因为服了毒，那么服毒的人究竟能抵御到怎样一个程度呢……”

三

两人过了河，从马场先门走到皇宫前。

广场上的松树端，映着夏日的斜阳，显得分外地明亮，松树下的草地则渐呈柔和的暮色。

一些男男女女或坐在草地上，或靠着长椅背，静待黄昏。远远望去，一对对相偎相依的情侣正络绎不绝向这里走来。

不过，幸二无意于到草坪上或椅子前去。

“这么许多人到这儿来，等几年之后，他们会摇着美妙动听的铃儿，回想起今日吗？”

“会的吧。然而，恐怕大多数人是谈论不久的将来，谈论今晚或是明天的事吧。我是看了中宫寺的弥勒[1]才知道什么是未来。据说在释迦牟尼涅槃五十六亿七千万年之后，将由弥勒佛代替释迦牟尼来拯救人类。”

“五十六亿七千万年……”

“真是遥远的未来哟。要等到五十亿年之后，人类的救世主才会出现。”

“那么久，谁等得了呀？我可等不了。”松子莞尔一笑，缩了缩肩。

“可是，人类却雕刻出了五十六亿七千万年后来拯救众生的佛像。这样一想，就聊以自慰了。”

1　中宫寺位于奈良，寺中做半跏思维状的弥勒像，造型极其优美，为日本国宝之一。

他们又过了河，走到日比谷公园后门，进了公园。

来到花园，四处的几个长椅上，仍由一对对情侣占据着。

“卷子她……”

松子有些犹豫。幸二疑问似的回过头来。松子面带羞涩地说：

“卷子对你哥说，说她看到我和你在日比谷公园散步来着。”

“咦？”幸二不由得向四周扫视了一下，“姐姐倒是个相当灵的预言家嘛。真让人吃惊不小啊。”

“所以，我不喜欢日比谷公园。”

“是因为应了姐姐的预言？”

“哪儿呀，那不算预言。”松子明确地说，“反正我不喜欢日比谷，咱们出去吧。”

适才从皇宫走到日比谷公园，松子并没有忘记父亲是病倒在这里的。不过没有告诉幸二。

“大概算不上预言吧。”出了公园，朝帝国饭店走去的时候，幸二开口道，“要是应了姐姐的预言，我就该同你结婚了。哥哥跟你说的时候，是说姐姐告诉他的吗？”

松子点了点头。

“姐姐她出于什么用意，我不清楚。除非我把哥哥杀了，才能同你结婚……要同你结婚，我得两手沾上亲人的血啊。”

松子心头不胜苦闷，低垂着头。

幸二也一声不言语。

“说是卷子要上我家来，怎么回事？”隔了一会儿松子问道。

“这个么……是因为哥哥病重的缘故吧？假如哥哥死，她不愿意担责任罢了。”

松子一怔，抬头望着幸二：

“我想请你转告你哥哥和卷子。说我正在给父亲服丧……这是我现在惟一要做的事。”她像在贯彻某种意志，这样说道。

“明白了。既然在服丧,连我也以暂不见面为好,对吧？”松子点点头。

然而，她似乎有些惜别，便约幸二去了母亲带她去过的那家餐馆。

母亲与房子

一

“给父亲服丧”——这句话松子对幸二说过，自己也时时听得见似的，所以连去海边的心思也没有了。

虽则认为，住在镰仓只有这一个夏天了，但是为了避开海滨的喧嚣，却一直闷在家里。

“看不到世界的空虚，其人自身便是空虚的。”松子想起帕斯卡的这句话。

对自己来说，难道是因“其人自身便是空虚的”，所以才感到世界的空虚吗？世界的空虚云云，自己不懂，也无意去弄懂。

两个哥哥的战死，同宗广爱情的破灭，母亲的出走，父亲的遽逝——这一连串的变故，在盛夏酷暑，光天白日中，松子独自思量之下，难免感到空虚落寞。

但是，比起这一连串的伤心事，倒是遗弃自己的宗广，更让松子没法儿不感到空虚。看他那情景，自己病倒了，跟妻子也离了婚，现在又以一副空虚的姿态出现在自己的面前，正是他那份空虚投映到了松子的心上。

对一个年轻女子来说，没有比被人遗弃更使自己感到空虚的了。当她不得不看到背弃自己的人那空虚的样子，说不定便以为这世界也是空虚的了。

“我一直希望你哥哥能够幸福……”见到幸二时,松子曾经想这样说，“他要是不幸，我会不好受的。”

可是，她错过了说的机会。

明知宗广不幸，又这样对幸二说，听起来便显得虚情假意，甚至于以为是故意说风凉话。

再说松子，私下未尝没有梦想过，倘如宗广和卷子婚姻美满，宗广要么把松子忘得一干二净，要么对她多少还心存愧疚，那时幸二和自己心意相通，说不定认为相爱也没什么不好。由于宗广并不幸福，幸二和自己不就难以以真情相见了吗?

松子一方面希望，遗弃自己的宗广以及母亲他们都能幸福，但又觉得自己已被他们抛弃，他们幸福与否，自己也鞭长莫及，既然到了第三者那里，那就只有徒叹奈何了。

母亲和宗广他们未能幸福，自己又何尝幸福，甚至连内心的安宁都谈不上。

松子虽然没有晒黑，却因苦夏而消瘦，不知不觉中迎来了秋天。

她先上木崎家去。

在江之岛的电车上，看不见由比滨的海水浴场。

松子感到镰仓的夏天已经逝去，秋天已来到城里。

今年春天，从七里滨到江之岛，松子和宗广曾经走过的那片海滩，现在在金黄的秋阳下，该寂无人声了吧?

去木崎家不必乘到那么远，看不见那片海倒正好。

木崎老人照例温和地迎接松子，说：

“正在想呢，上次提的老天爷的赏赐，近日应当去看看哩。”率先提出松子卖房子的事，让松子毫不觉得拘束。

松子将细长的包袱移到腿前，说道：

“这幅字画，多谢您了。”将寂室的墨迹奉还老人。

“这是送给你供养令尊的呀。”

“我知道，已经供养过了……送给我，那真是送非其人，太可惜了。”

“不错，题跋果然如此。‘生死事大，无常迅速’，不适合你们年轻小姐。”木崎笑着说，“不过，我想正月里挂上它，让那些屠苏酒喝得陶陶然的拜年客人看，一定很有趣。”

“我现在也有些无常之感了。”

松子的一双眸子是那样黑，仿佛里面有个黑黑的小精灵，低首垂目时，便似映上那小精灵的影子。木崎目不转睛地望着松子的一双黑眸子。

“不仅是‘无常迅速’,前面还有一句‘生死事大’,所以很中我的意。”木崎仍旧凝视着松子的眼睛说，“你说有无常之感……”

“是的。”松子迟疑地说,“我想起了帕斯卡还是什么人的一句话……”

“怎么说？”

“看不到世界的空虚，其人自身便是空虚的。”

“那么，我倒觉得‘生死事大，无常迅速’这句话更为精辟。我不知道什么帕斯卡。你父亲大概也不知道。”

“我也不知道呀。”

“对那些不了解的人，去背他们的片言只语，是很要不得的。我对寂室也同样……我不知帕斯卡是在什么意义上说的这句话，不过，松子，世界并不空虚。”

松子点头答道：

“见到您之后，我也这样认为了。要是能够请您住进去，我就是离开了，也不会觉得自己抛下父亲不管。”

“不，即使你不考虑你已故的父亲，他也会跟着你的。你能活下去，自然就是对你父亲的供养。”然后，木崎揶揄地说，“不是跟我这种老头子，要是跟意中人在一起，你瞧吧，这世界还会是空虚的吗？尽管你父亲死了，但有你活着，这世界难道会是空虚的吗？”

二

因为木崎已决定买下房子，所以松子便到公寓去看望母亲。

父亲在世的时候，母亲离家出走，当时是她自己放弃做妻子的权利。可是，父亲过世之后，由于母亲的户籍还留在朝井家。那么，她就不该失去做妻子的那份权利吧？

如今想叫母亲离婚也没有离婚的对象了。松子不懂法律，但母亲本已失掉的权利，由于父亲去世而得以恢复，那真是妙不可言。

换句话说，就是分不分遗产的问题。若分，又怎么个分法？木崎也为此担心，说是要找律师去商量。然而，松子却说：“我相信母亲。我想，母亲她也会相信我的。”松子自然是打算把遗产分给母亲。

父亲去世后，两三天的工夫，“头发白得好厉害哟。”母亲曾这样说过。不论她从前如何，松子也决意要把父亲的遗产分给母亲。

父母之间的关系，以及父亲的心情，这些事越想越没头绪，一来事情会变得更难办，二来分不分，犹豫起来更没有止境。因此，见了木崎之后，松子已打定主意：自己的意志就是父亲的意志。

分给母亲的那一份，也由自己替父亲决定。

松子甚至还用心深细，想根据母亲眼下的情况，绀野的态度，母亲的那一份不全部交给她，暂先由自己保管要妥善得多。

“我变成大人了。”松子喃喃自语道。万一母亲跟绀野日后散伙，现在若全部交给她，那时母亲就该两手空空了。

松子心意已定，打算连绀野也一并见面，便打电话给母亲，通知她去公寓的时间。

母亲一打开房门，松子看见室内铺着席子，很觉意外。上一次来虽然只在门外站了一会儿，不知怎的，总觉得里面应该是洋式陈设。

只有两间屋，一间三席大，一间六席大，绀野从六席那间屋的窗旁回过头来说：

“噢，来啦？很早嘛。”

“约好两点钟的。”松子干脆地说。

“不错，看来是我太磨蹭了。拉门实在太破烂了，正奉命糊新纸呢。说是至少得让拉门焕然一新，好迎接松子小姐大驾光临哩。瞧瞧这光景，只能换换拉门上的纸，别无他法啦。”

绀野手里拿着一支油画用的毛刷。

“为了你母亲，请你面朝拉门那边吧。屋里最好别去东张西望。”

松子眼睛不知往哪儿看好，便去瞅绀野急忙之中还没糊的地方。未强糊装在红茶杯里，还有不少。

绀野穿着灯芯绒裤子，披了一件黑天鹅绒上衣。这一身打扮倘若是画个画什么的，尽管显得陈旧一些，可能还看得过去。然而，拿油画笔去糊旧拉门，其状未免太惨。

绀野同松子的大哥敬助，同时毕业于大学法学部。学生时代画得一手好油画，俨然一个内行。还曾经在一个小型展览会上展出过。文章也写得漂亮，时常向学报投稿。当时还是少女的松子，把绀野看得简直光辉耀眼。

敬助因参加大学短歌会结识了绀野，遂成为朋友。

战时，绀野从前线向杂志投稿，写些报道，配上佳妙的插图，后来辑录成书，作为一名士兵，还小有名气。由于极度的神经衰弱，才复员回国的。

敬助战死后，朝井家自费出版他的遗文集，绀野自然曾鼎力相助。

绀野仔细读过敬助在战场上写的书信和日记，敬助对继母的一番钦慕之情，不消说也打动了绀野的心。

就连敬助的父亲也为之惊讶，对妻子另眼看待，甚至告诉松子说，道子是“有良心的人……”。

这样说来，绀野是受敬助钦慕之情的触发，去看待敬助母亲的吧？

而母亲又有母亲的考虑，表面看来，甚至希望松子能与绀野成婚。

她自己与绀野的事，恐怕与死去的敬助的影响也有关。

那时，母亲这个“有良心的人”，行事简直到了过分的地步。

现在，母亲为了迎接松子，竟然重糊纸拉门。

松子按绀野说的，除了新换的雪白的纸拉门，尽量不看屋里别的东西。甚至连糊纸门的绀野也不去看。

但是，拉门的门框没擦。纸虽干净，门框却脏得格外醒目。

母亲是没时间擦呢，抑或是连那点气力都没有了呢？

终究因为绀野在场，所以松子母亲不大好说什么。

松子不得已公事公办似的开口道：

“妈，镰仓的房子已经卖掉了。”

“哟！”母亲大吃一惊。

“木崎先生说他要买下来。”

“木崎先生……”母亲盯着松子说，“那你怎么办？”

绀野一面把纸按在门上，一面回过头来说：

“到头来不是让你母亲无家可归了吗？”

“不论什么时候，妈都有家可回的。不管什么地方，只要有我在，那就是妈妈的归宿。”松子回答说。猝然之间，她只能这么回答。

母亲两手捂脸抽泣起来，泪水顺着指缝流了出来。

“妈，是真的。”

“是吗？”绀野长吁一声道,提着毛刷走了过来。在松子面前坐下来，顺手把毛刷扔到身后。“这样一来，我也放心了。你既能收养你母亲，又能接收你父亲的东西，你也可以放心喽。木崎这老狐狸，是他出的鬼主意吧？……即便糊上拉门，也是多此一举，对不对？”

三

松子把院子里的菊花剪下来供在佛龛前，然后整理衣柜里的东西。

院子里的菊花，是从去年的根株上自己抽芽，自己开花的。今年压根儿没修剪过。

松子忽然想到，在房子腾给木崎之前，疏于修剪的菊花之类，不如拔掉的好。

“门框不擦干净就糊，多别扭呀。”

松子四处察看这所要卖掉的房子，每天忙着收拾。

称不上是菊圃，只有小院一隅，菊花倒有满满一大抱。松子把花全给父亲供上了，两个哥哥也供了一些。

父亲的骨灰已经安葬完毕，佛龛里只摆着相片，还有两个哥哥的牌位。父亲的牌位还没做。佛龛要留给木崎，松子是不是该捧着牌位走呢？

松子在寻思，离开这个家，还有什么东西跟这牌位一样要带走的。

衣柜里找出一个铁皮箱，一看，松子想了起来：“是妈的貂皮领子呀。”

母亲出走之后，父亲不愿看到母亲的衣物，便说：

“权当是两个战死的继子送给继母的礼物吧……”大部分都给了母亲。与绀野同居后，这些东西恐怕也所剩无几了。

可是，像这条貂皮一样，有些东西还留在家里。母亲原本是远房一个穷亲戚的女儿，并没打算嫁到这儿来，东西全是父亲置办的，所以，即或有什么东西留在家里，也不便开口来讨。

母亲用东西很经心，这件黄貂皮领，一点儿都没坏。

那时两个哥哥还在世，父亲买这条貂皮领是做圣诞礼物，母亲当时有多高兴啊！松子还记得清清楚楚。

松子走到镜台前，把貂皮围在肩上。

镜子里，松子看到的与其说是自己的身影，还不如说是令人怀念的往日的母亲。

母亲那黑亮的眼睛，每逢有什么出其不意的高兴事，总是水灵灵的。黄貂皮宛如一道柔和的金色光环，衬出母亲的脸庞，眼睛周围愈发地黑了。

漆黑的眸子和睫毛，显得眼睛更大。

松子凝望着自己秉承母亲的那双漆黑的美目。

女佣禀报说有来客。

松子忙把貂皮拿下来，问道：

“是谁呀？”

“一位小姐，问她贵姓，不肯说。”

“是吗？怎么回事？”

松子不加思索地朝门口走去，猛然意识到，难道是卷子？一愣神站住了。

秋天的傍晚，女佣没准儿把卷子看成“小姐”了。

松子把貂皮放在拉门背后，走到卷子面前。

“有些话要同你说，于是就上门来啦。”卷子不紧不慢地说道。松子却不客气地问：

“你有什么话？”

“你母亲好像来了是不是？请她一起听听也好。”

卷子回头朝大门口望去，像要避开松子的目光似的。

“我母亲没必要听你的话，再说，她也没来……”

“哟，明明来了嘛！就站在那边树阴底下，我看见她来着，一见到我，就藏到那边去了……”

松子一声没言语，抽身从厨房跑到后院的木门处。

没有找到母亲。

峡谷四面的小山上，西面的天空是一片晚霞，红云似火。

“妈——”松子一想到卷子也能听见，便无法放声去喊。

晚霞之后

一

没有找到母亲。

松子走出小得像口袋一般的谷口，站在流水淙淙的小河的桥上。小桥的形状恰似袋口的绳结。

松子一口气跑过来，母亲想必不会到这里来。会不会躲在峡谷里什么地方的树下呢？卷子说看见她在那边的树阴底下。难道是在自家院子里的树下？

松子又踅回峡谷。说是峡谷，其实路两侧是一户户人家的庭院，没有几棵树能让母亲藏身。

“妈！”松子喊了一下，去桥畔银杏树后面看了一眼，树荫下屯有黄昏时的凉意。

“她不在！”

松子忍不住说出声来。

已经有落叶了。抬头仰望枝头，刚刚泛黄，有的叶子竟急急地先自飘落下来。

山顶上的晚霞，方才还红得似火，此刻已变成暗暗的赭红。

不知藏身何处的母亲，她那份寂寞，恍如传给了松子，她垂头瞅着自己的脚走回家里。

卷子站在大门前。看样子是从房门口走出来的。

“找到你母亲了吗？”

“好像回去了。”松子随口说道，觉得所答非所问，便又说，“已经走掉了……”

“是吗？”

卷子眼尖，低头看见松子穿着厨房门口用的一双拖鞋。说道：

“不过，她站的地方好奇怪呀。像是在往家里张望……”

是因为松子告诉她房子卖掉了，才偷偷回来瞧瞧房子的吗？若没给卷子发现，母亲会不会招呼松子，走进这个曾经住惯的家？

尤其是给卷子碰上，母亲竟要躲躲藏藏，松子觉得太令人窝心了。

“原想叫你母亲也听听的，那太遗憾了。不过，本来是要对你说的，你一个人听也好。”卷子说。

松子心里还装着母亲的事，有点心神不定地问：

“你有什么话？”

“不能在这儿说。”

卷子站着没有走的意思。

松子想撇开卷子一个人进屋，可是卷子要不走，母亲就不会从藏身处走出来，于是转念一想，等听完卷子的话，尽快把她打发掉或许更好。

“那就请吧。”松子催促说，“居然请你进来说话，我觉得很不可思议……”

“一开头就存心找碴，是不？”卷子笑了笑，进了屋。“哟！好漂亮的貂皮……是你的？”

松子刚才急忙从后门出去，忘记拉上纸门了。连里面的茶室都让卷子看见了，心里很不痛快。

“这房子真不错。在这样的小山谷里,一个人住得这么宽敞,不寂寞吗？”

卷子去客厅的工夫还在东张西望。

“你有什么话要说？”

给松子这样一催，卷子正了正容，道：

“‘你有什么话要说？’你已经问过三四次了。你就那么介意？”

松子没有理睬。

“说得简单点儿，宗广跟我，已经离啦！听幸二说过了吧？”卷子察看松子的神色说，“正式的离婚手续也都办完了。”

“是吗？那又怎么样？”

“那又怎么样？你说话可真会装相！”

“你们当初不就一直分开的吗？”

卷子一愣。

“也许是吧。”想不到她倒承认了。

宗广和卷子他们结婚的“当初就分开了”，松子记得这是幸二说的。

“你既然知道我们当初就分开了，那更加好了。准是宗广卖好告诉你的……”卷子抢白道，“你有没有兴趣见见宗广呀？我把他奉还给你。”

松子气得指尖发颤，强压怒火，盯住卷子的面孔：

“你这话，难道不觉得是在侮辱你自己吗？”

“说得简单明了些，就是这么回事！”

“你别白费心了！你们离不离婚，我才不感兴趣呢。”

“真的吗？这个说法不大妥当吧？有没有兴趣，这是译成日文的说法，美国人爱这么说……”卷子反倒平静地说，“我被你瞧不起，是不是也该结束了？从前你总瞧不起我，那是你在嫉妒！“

松子受到侮辱，像浴在脏水里，感到卷子在大发醋劲。

松子的父亲去世后，宗广来吊丧，告诉松子说卷子非常嫉妒，把“嫉妒”这个词儿反复说了三遍。卷子一方面与宗广离婚，同时嫉妒之心不减，此来莫非是刺探松子对宗广的想法吗？

松子更加警惕起来。

“那种貌似聪明而又趾高气扬的女人，嫉妒心顶强了。她们瞧不起别人，常常是变相的嫉妒。”卷子接下去道，“你跟宗广谈情说爱，要不是那样瞧不起我，我还不想把宗广弄到手呢。”

“‘弄到手’‘奉还’之类的话，不要说好不好？”

“可我不是把他弄到手又奉还给你了吗？当时，我就是想把他弄到手的。我说的是老实话。但弄到手，却不成功，我来向你甘拜下风。尽管和宗广分开了，可我也不是那种好记仇的人，我是来求你去救他一命的。宗广的病情很不好。来吊丧以后就不好，后来又来揪了你的头发，病得就更重了。”

难道说宗广竟把头发拿给卷子看了？松子不禁打了个寒战。有种说不出的恶心之感。

二

卷子离去之后，松子兀自凝然不动，坐了一会儿，又出去找母亲去了。

“为了救宗广一命，我求你了。”

松子走在晚霞已经消失的山谷里，卷子临走说的这句话，却还留在她心上没有消失。卷子是真心相求，抑或是讽刺挖苦？对卷子特意登门的一番用意，松子简直不能理解。

照她的意思，宗广的一条命好像就捏在松子手里似的，正像幸二说的，她这样做是想逃避自己的责任，又是对松子的威胁。松子明知宗广的死活同自己毫不相干，可还是想起宗广揪她头发那天晚上的事，宗广踉跄着脚步说：“一度相爱，这关系是不会消失的。”难道自己被人抛弃，那一度相爱的关系也不会消失吗？松子担心起宗广的病情来，对自己这层心思，也感到不能理解。

松子觉得母亲似乎还在这山谷内，便又到桥上看了一次，然后赶紧折回家，还是没有找到母亲。

她坐在镜台前，一双漆黑的眸子干干的，失去了润泽。便叫女佣道：

“洗澡水烧好了吗？”

“是，我想是好了，我去看看。”

松子进了浴缸，用温手巾捂着眼睛。一股暖意直透脑门。于是，松了口气。方才借幸二的话去对付卷子，又照幸二的解释去怀疑她，松子蓦地感到羞愧起来。

她想给幸二打个电话，问问宗广的病情。

可是，万一说宗广病得厉害，松子觉得幸二会跟自己离得更远了。而且，松子认为，凡是他哥哥的事，决不向幸二打听，她要珍重自己对幸二的一番情意。

单是这样想想，松子心里就宽慰多了。但转念又觉得，自己若能温柔地看护宗广，说不定他的病会好转吧？倘如自己能够服侍宗广，待人体贴入微，父亲也许还不至于死去。

“我办不到啊！”

松子自言自语地说，她感到悔恨，如果对父亲能照顾得更周到一些就好了。

过了十二三天，母亲打来电话。

“妈，镰仓？……到镰仓来了？在哪儿？”松子急切地问。

“在站前。我回家行吗？”

“马上来……妈，带伞没有？对了，车站上有车吧？”

“有吧。一到镰仓就下雨了……”

“车要是全开走了，先等一会儿，下一部车，马上就会来的。妈，最近您是不是回来过？”

“等回头再说吧……”

母亲的声音软弱无力。

卷子来的那天傍晚，母亲显然回来过。松子过后曾怀疑卷子在说谎。

松子打着伞等在门口。

由于父亲的死，母亲与松子之间隔着一堵“漆黑的地狱之墙”，“镰仓就跟来世一样远呀！”在餐馆里母亲曾对松子这样说过。不过，死去的父亲已原谅母亲了吧？没准儿还希望女儿去安慰和帮助宗广呢。

细雨无声，打湿了樱树的落叶，粘在母亲乘来汽车的轮子上。地上的土很黏。

母亲一头钻进伞下，便抓住松子的胳膊。

“您怎么了？”

松子搂住母亲的胸部。

一向干净利落的母亲，好像连头也没梳。后颈上的头发散落下来。

进了门，母亲身子发直，说道：

“有几年啦？这期间，你父亲人也没了……”

“想家吧？”

“就你一个人吗？”

“一个人呀！”

松子爽朗地回答说。

母亲望着松子，四目相视，不禁泪水盈盈。

“对不起。明知就你一个人，可一见你孤零零的……”

“一个人蛮好的呀。”

“倒也是。说不定更好些。”

母亲穿的一双革制草履，脚跟和脚尖处的漆皮已经脱落，带子也松开了似的。

松子先进屋朝自己的卧室走去。没经过放佛龛的房间。

母亲在松子的床上刚坐定，便说：

“昨晚跟绀野大吵了一场，我这是离家出走呀！”说着又忽然一笑，“虽说那儿算不上一个家。”

“妈，那您昨晚没睡吧？就躺下来吧。”

松子揭下床罩，帮母亲脱了外褂，正要解开腰带。

“不用了。”

母亲按住腰带说。

松子安顿母亲睡在床上，自己则把椅子拉近枕头。母亲仰视着松子说：

“真舒服呀！这下心里松快了。虽然对不住你爸……”说着闭起眼睛，泪水顺着眼角流了出来。

三

母亲似乎不能再回绀野那里去了，当晚睡在松子的床上。

松子想和母亲说说话，母亲竟沉沉睡去。

然而，到了第二天早晨，她又坐立不定了。说是要么先在东京住旅馆，再租房子，要么暂时回到乡下去住。松子心里想，母亲已有二十多年没回乡下了，恐怕她也没有租房子那笔钱，大概连换洗的衣服都没有。

“不管什么地方，只要有我在，那就是妈的归宿。我上次不是这样说过了吗？”尽管松子挽留，母亲却怯生生地说：

“你父亲不在了，我趁机回到这个家来，谁知别人会说什么闲话呀！又该给你父亲脸上抹黑了。”

松子寻思，既然那么怕周围的风言风语，又顾忌父亲的体面，当初倒居然会投奔绀野。虽然所奔趋的未来是不幸，母亲却一往无前，比起现在的谨小慎微，害怕世人，那时的母亲恐怕更幸福也难说。

松子已无意再去责备母亲这一生里惟一的一次冒险或者说是解放。

“这原先是妈的房间呢。哥哥的照片还是妈挂上去的，一直没动过。哥哥在战场上对妈是那样的怀念，尽管他们死去了，帮不上妈什么忙，可是，他们既然那样想念您，一定会希望您能在这个家多待些日子。这房子不久就卖给人家啦！搬了家，邻居也变了，这附近的人很快就会把妈的事给忘了。”

“倒也是。”

母亲抬头望着两个继子的照片，一面说道：

“人生真是变化无常啊！”

母亲决定留下不走了,但不肯出门一步。即使在厨房里,一旦有人来，也躲了开去。

松子去木崎家，提出早点交割房子的事。她们则到东京去找一处小房子或是租套公寓。

“换着住不好吗？你们在东京找好住处之前，可以先住在我这幢房子里。这房子已经没用了，迟早要卖掉……”

松子接受了木崎老人的好意。

“绀野后来没来说什么吧？”木崎问。

“没来。”

“那很好。这家伙也是个懦弱的人。你母亲若真打算同他分手，我可以去见绀野。免得日后麻烦……在你母亲面前，绀野有他的弱点。再说，都是男人家，我来出面，不会生出什么麻烦来。要是你们，像他那种没有生活能力的男人，说不定会死缠住不肯放手。”

四五天之后，松子和木崎两家开始腾房子。

住处变动的事松子只想告诉幸二一人，便往他公司里打电话。

“一直想见你来着，”不等松子说话，幸二便抢着说，“但又有顾虑。”

“哎呀，那又何必呢？”

“说老实话，是我哥哥死了……”

“你哥哥——”

松子险些把听筒掉了下去。

“我没通知你。丧事在十来天前已经办完了。”

“啊——”

松子说不出话来。

宗广的死，幸二没有报丧，是对松子的体贴呢，抑或是因为松子没去探病，对她的不满呢？松子的心头忽然掠过一丝疑惑。

只有女人的家

一

同木崎老人换过房子之后，松子母女二人开始了新生活。

说是换房子，其实是松子把房子卖给木崎，自己暂住木崎原来的房子。

“让木崎先生把这房子出让给咱们怎么样？能便宜一点吧？”母亲说。

“那可不行。这房子对我们来说还是太大。我要到东京去做事，要是妈不在的话，原先只打算租间房子住住。”

“我在也可以租房嘛。直到最近，一直住的，还不是破公寓房子！”母亲的眼神显现出不胜辛酸的样子，“不过，你父亲在世的时候，一直希望能让你在原来的家里结婚来着。怪我离开家，误了你的事。”

“一点都没有。误了我什么事了？要说误事，是我自己耽误了自己。”

让你结婚云云，母亲的口气松子觉得有些别扭。一甩手离家出走，却俨然又以母亲的口吻说话，松子虽然没有明显的反感，听了总归有点不顺耳。

陡然间她感到自己已完全变成一个结婚不必听命于父母的女孩子了。

“这房子，房租还没定下来呢。跟木崎先生商量过，他说不用客气了。

人家打算卖，咱们也不好住得太久。”

母亲环视了一下房间，然后说道：

“从那边的家一搬到这小房子来,行李就显得太多了。收拾了好几天，还是没处放。”

“都怪妈。留在那儿，木崎他们有用得着的，就跟房子一起买下了。可您，这也舍不得那也舍不得，弄得这儿简直像个仓库。”

“那些东西浸透了你爸一辈子的心血，不管三七二十一,三文不值两文地卖掉，太可惜了。过后准会后悔心疼。”

“可您方才又说什么没处放。往后没用的东西还是卖掉的好。咱们俩能这样过日子，那不正是爸的东西吗？要说爸一辈子的心血现在浸透在什么地方，那正该在咱们两人的身上嘛。”

“会这样认为吗？”

“我爸吗？”

松子一面反问，一面不能不注意到母亲那莫名其妙的矛盾心情。

当年，何止是丈夫的财产家什，就连丈夫本人都抛弃不顾的母亲，因同绀野生活关系破裂，等丈夫死后又回到了夫家，现在把那些没用的家具全当成丈夫的遗物，满怀着回忆，备感留恋，竟至舍不得丢掉。

松子对母亲的弱点，并不想冷嘲热讽，然而，倘如父亲在天有灵，想必会苦笑的吧？不，他会微笑的。现在的松子还不认为死去的人能够责备活着的人。

“爸也希望，在他死后，我能和妈一起过。过后细想起来，爸这样说，等于是他的遗嘱。”

母亲眨着眼睛，似在找父亲的相片，目光停在楣窗上。上面挂着松子两个哥哥的相片。就像在原先那个家，把相片挂在自己卧室里一样，搬到这个家之后，母亲赶紧把两个继子的相片挂了起来。

松子也抬起头来看着，静静地说：

“家里现在只剩下女人了。”

院子下面的车站上，开往江之岛的电车已经进站。

母亲有些怯生生的样子，缩起了肩膀，一面从纸拉门上的玻璃向外面窥探，一面说：

“电车就像在地板下面通过一样，这种地方，真难为木崎先生，够能忍的。现在门关着还凑合，到了夏天，怕是连屋子里面都看得见吧？”

“可不。我也那么想，还跟木崎先生说过。可他的回答，真叫人佩服。说家里没人干坏事，别人看了也不怕……”

“不过，那也讨厌呀。”

“想不到那些不相干的人倒真不往人家里看……”

“那可不见得。着实讨厌得很哪。”

“可是，木崎先生是那样一种人，一般人好像不大会给他找麻烦。”

“也许是吧。”母亲点了点头说，“刚搬来时，清早每来一趟车就醒，然后便睡不着了。可是最近，电车响人也迷迷糊糊的，还照样睡着。不论什么事，人好像很快就能习惯。”

“是啊。可是，未必事事都能这样呢。”

母亲的话松子难以同意，又抬起头去看哥哥的照片。

母亲扔下自己不管的悲哀，被宗广遗弃的悲哀，父亲撒手人寰的悲哀，这种种一切，松子觉得还不能习惯似的。

即使是母亲自己，从离家出走，与绀野同甘共苦，到最后又分手，她又何尝习惯于这些悲哀呢。

每逢电车到站，母亲都要从拉门上的玻璃窗向外张望，她莫不是害怕绀野来吧？

然而，自从母亲躲到女儿家来，沉睡在女儿床上之后，眼见得日益丰腴起来，连眼神都显得神采飞扬。

有时母亲坐在松子的镜台前拔白头发。就是在父亲死后两三天里猛然间白了起来的那些头发。

显得年轻嫩相的母亲，大概不会再长白发了吧？

那时母亲在镰仓站上下车还忐忑不安的，现在在镰仓却安然平静地过日子了。

父亲和哥哥留下松子母女相依为命，彼此体贴，如今看起来她们日子过得和和睦睦。

母亲早晚打扫房间时，只要电车一来，赶紧关上拉门，松子因听了木崎的话，既不躲也不藏。也许会有乘客注目，去看那美丽而幸福的姑娘。

“妈，点了电灯，从电车里看得见哥哥他们的相片不？穿着军服照的，说不定人家认为我们是军人的遗族呢。家里只留下女人……”

“女人罪孽深重，所以才留下来的吧。”

“罪孽才浅呢。”

二

电话里听到宗广死讯的那次，幸二对松子说，“一直想见你来着。”可后来幸二既没来电话，也没来信函。

父亲因同母亲邂逅，在这意外的刺激下亡故，宗广的情形却不同。

对他的死，松子也不像母亲那样责备自己。要说该责备的，应是对方。

而且，父母他们同自己与宗广，情况也有所不同。

可是，看见母亲拔白发，不禁想起被宗广揪去的头发，说不定就置于他的灵床上，于是浑身汗毛直竖。

宗广是怀着对松子的忆念死去的。夺去她贞洁的人已经不在这个世上了。然而，贞洁却并不因他不在世上便能恢复那么一星半点儿。

这一创痛，如今只留给了松子一人。

且抛开松子自己对宗广的感情不说，就双方父亲的交情而言，从她与幸二之间的交往来看，松子是不是应该去吊丧呢？无论如何，宗广是拖着病体给父亲送过葬的。

但是，松子不愿意去，觉得也没有理由去。

只是对宗广的死，松子心里还不能坦然，又怕与幸二产生隔阂而感到不安，而这种不安却不断困扰着松子。

松子没把宗广的死告诉母亲。

母亲只穿着身上的那身衣裳回到松子家来的，没有睡衣，便穿了父亲一件旧浴衣。

“妈，您穿我的多好，穿男人的，不太合适。您还年轻嘛。”松子虽然拿出自己的睡衣，母亲嫌太花，说道：

“我也不年轻了。我这一辈子算完了。往后只等着带外孙啦。”

“外孙……您说外孙，就是我的孩子啦？”

“是呀。要是能让我给你带孩子的话……”

“干吗说这种话！”

“可不就是这么回事嘛！你想想看，女人的命就是这样。往后我还能有什么？看你有不少睡衣，就想，这要生个小宝宝，就不用发愁了……”

“什么话呀。您这是当真说的吗？”

“女人上了年纪，带个外孙，不是一种福气吗？”

“我才不考虑什么孩子的事呢！您干吗去想外孙什么的？”一缕愤愤之情不禁爬上松子的心头。“像跟绀野那样的事，能再来一次才好呢。这比带外孙强多了。”

“哟！”

母亲脸发白了，探询似的看着松子的脸色。

“是真话。只要您在绀野那儿觉得开心，我一个人冷清点儿也不要紧。”

“我已经够了……”

母亲摇着头，闭起了眼睛。闭眼睛的工夫也不知想起了什么，脸上飞起红云，松子看了觉得真是妩媚动人。

“妈，自打来镰仓后，您一次都没去过东京呢。”

“可不。”母亲点了点头，睁开眼睛。“一点都不想出门。多亏你呀，过上这样的安稳日子，我还是头一回呢。”

松子硬是把母亲领了出去。执意要给母亲买些衣服和一应什物。

母亲年纪轻轻便结了婚，婚后一直穿得比较老气。所以松子打算至少该让母亲穿得与年龄相称，甚至再漂亮一点。

银座后街虽然有家常去的和服店，可是怕母亲难为情，便去了日本桥的百货公司。

松子也不同母亲商量，按照自己的意思，左一件右一件买了不少。

母亲简直呆住了，说道：

“松子，别买了。你是存心要瞒住我的年纪，把我嫁人吗？”

“只要妈愿意……”

“这可不是闹着玩儿的。你父亲去世了，穿上这么漂亮的衣裳，别人会说什么闲话？”

“叫他们说咱们发疯好了。如今女人是没有年纪的。人漂亮，穿素穿花都好。”

三

在餐厅休息的时候，母亲像买东西买累了，坐在那里发怔。若想到用的是松子卖掉父亲房子的钱，恐怕更要如此了。

忽然，母亲像想到了什么，开口道：

“去给你看看出门的衣服好不好？光悦会去年你跟你爸还去过，马上又要到了吧？挑一件茶会上和正月过年都能穿的才好。”

“正月咱们还在守孝呢。”

“哦。”母亲遭了抢白，却又说，“至少茶会上可穿嘛。去年你跟你爸去过……幸二他今年会不会去呀？”

“幸二也在居丧呢。”

“幸二也在居丧！给你爸爸？你们订婚了？”

“是他哥哥死了。”

“是宗广……”母亲屏住气，望着松子说，“死啦？”只重复了这么一句。

在回家的电车上，母亲冷不防地说：

“幸好你没跟宗广结婚。”

户塚一带的小丘上，杂木林已经泛黄，松子凝眸望着那落日的余晖，一声不响。

母亲可能想得很单纯，以为松子同宗广结了婚，没准儿会成为一个怀抱幼儿的年轻寡妇。

那么，同松子结了婚，宗广也会死吗？要死的人，不论同谁结婚，总归是要死的，但是，也可能恰恰相反。人的生命，别人谁都无能为力，不过，也能很微妙地起点守护作用。何况做了夫妻，就不是外人了。他们的生命已经合为一体，相扶相持。像肺病这样一类病症，又全在于心境和护理，既能好起来，也能坏下去。

就连宗广的妻子卷子也像求人救命一样，上松子这儿来搬救兵，说是“把宗广奉还给你”。男女之间的恩恩怨怨暂且不说，这做法颇像庸医对危难病人束手无策而去乞求于名医一样。可是自己与宗广之间却始终摆脱不掉那些男女的情怨纠葛，松子无力去超越。做守护宗广的天使或是护士，在她都办不到。

那么，这能说是松子对宗广见死不救吗？

她虽然觉得自己未免有些自负，可是这种自负却在她心头浮起不肯消失。也许这是女人对爱情的惜别，对旧情的留恋。

然而，因母亲背弃而父亲去世，又因自己离去而宗广早夭，男人生命的岁月仿佛就捏在女人的手里，松子对自己身为女人，简直感到悚然。

让男人送命的母女两人，用男人挣下的钱，买来漂亮的衣服，现在，脸上俨然一副那悲哀的岁月不久即会逝去的神情，正在赶回她们小小的安乐窝。

大门上的信箱里，有一张小纸条，外出时，好像木崎老人来过，上面写着要见松子。

“什么事呢？”松子递给母亲，说道，“写得真有意思。说是家里即使无人仍可放心，因白天有电车的乘客给看家……”

松子立即赶到木崎家里，被让进原先父亲的客厅里。拉门纸没有换。

“你母亲好吗？”不等松子开口，木崎便说，“其实是绀野今天来了。我谎称你们搬到东京去了。绀野说他在一家广告公司找到了差事，是来接你母亲的。来接人固然好，但我还是劝他跟你母亲分手。”

“谢谢您了。”

“看样子绀野相当地劳瘁。我对他说，男女双方都感到疲惫不堪，这种关系是不正常的。加上她已经回到已故的丈夫家里，是不可能再回到你那里的了。一个并非此世的人与你作对，一切都是不可挽回的。与鬼魂为敌，你的命也不保险。再等上五年，如果你还愿意跟她一起生活，我一定把她从尼姑庵里接出来，当你们的媒人。”

不愧是木崎，能说出这样一番话，松子放下了心。

“能告诉我母亲吗？”

“绀野来接她的事吗？还是告诉她为好。因为绀野未尝没有一点真心。你不必担心你母亲会回到绀野那儿。”

过了两三天，幸二来了信。信里附有光悦会的请柬。

信上只随便问了一下松子，今年还去不去光悦会？如果去的话，去之前希望能见一面。

松子当即回了电话，依例约在普利司通美术馆碰头。

母亲一直送到院子下面的车站上。

“给我问幸二好。同他说清楚，我跟你一起过的事；如果你愿意，就约他来家吃晚饭吧。”一面说，一面无意地在松子穿外套的肩膀上摸了摸。

北山阵雨

一

松子在横滨乘上特快列车鸽子号。

幸二从车窗里看见她，接过她的皮包。两人的座位是挨着的。

“来得太好了。虽然约好说来，却又担心你不一定来。”幸二把松子的皮包放到行李架上，一边给她让出靠窗的座位一边说，“你要不来，我就打算在横滨下车了。我一个人是不会跑到京都去参加茶会的。”

松子脸颊一片飞红。

“去年是十二号乘夜车去，十四号乘鸽子号回来……”松子想起往事，说道，“那是同父亲最后一次旅行。”

幸二点点头，沉默了一会儿说：“整整一年了。”

“母亲要我问你好……”

“啊。我以为你母亲一直送你到横滨呢。”

“倒是跟她说了，可是怕见了面难为情。”

按说已十一月十二日了，天气暖得有点热，松子脱下了蓝外套。

从汤河原到热海那一带的海面，宛如春霞缥缈，山坡上的柑橘已经变黄。

正像幸二对松子约好的事还要担心她能不能来一样，松子肯同幸二单独出门旅行确实非同寻常。现在，跟女儿一起生活的母亲打发女儿出门也是非同一般。眼下，与其说母亲对松子事事客气，还不如说是处处顺随，不去妨碍女儿的自由。不过，母亲希望松子能与幸二结婚，她是这样看待两人的。母亲这意思，松子也明白。

虽然明白，松子的心思却与母亲完全相反。就松子来说，她很清楚，自己已不可能再爱幸二，何况是结婚，那就更不可能了。因此，才肯两人一起去京都。这也可以说是出于松子的豁达，对幸二的一份亲切的情谊。

松子接到幸二约她去光悦会的信后，曾去东京见他；那天，幸二踌躇再三，才把宗广是自杀身亡的事告诉松子。

见松子脸色陡变，幸二按捺住自己的痛苦，平静地说：

“我哥死的事，我原先不想告诉你，以后也不打算再跟你见面了。可是，你来电话说搬了家，当时不由自主便说了出来。说完后，想了想，还是告诉你的好。”

松子默然不响。

“现在也一样。也许哥哥自杀的事，不说为好。你以为是病死的吧？”

“是的。”

“他不寻死说不定也会病死……不管怎样，这跟你毫不相干。你只消知道我哥已从这世界上消失了就够了。”

同前两次一样，两人出了普利司通美术馆，从京桥走到马场先门，然后又从河边朝日比谷走去。

“哥哥没有留下什么遗书。他死时，究竟是什么心情，并不清楚。我觉得好像明白,其实并不真明白。即使有遗书也未必能明白。就算明白了,人已死了，也无济于事。一个自己要死的人，或者战胜自己而死，或者输给自己而死。若问我哥是哪种情形，大概二者兼而有之吧。总之，哥哥是自己挑好死的时间，摆脱了死的恐惧，也摆脱了生的恐惧。对他的死，我尽量漠然处之。并不是在你面前我才这样说。对于自己寻死的人，活着的人又有什么法子去抗议呢？”

松子仍旧默不作声。

“对哥哥的死,我并不感到有什么责任。倒是哥哥对我应该负有责任。从今以后，我不再见你，原因便是希望你能忘记我哥哥的死。”

“要忘，自己就能忘……”松子说道，好似寒风穿过心田。

经幸二邀请，随他走进帝国饭店的餐厅。仿佛是一顿诀别的晚餐，在那儿他们约好了去京都。一对即将诀别的人，大概也是出于一种惜别的心情吧。

从幸二责备他哥哥的话里，松子觉得，幸二的心里未尝不感到，他与松子相会是对哥哥的一种侮慢。而他对哥哥的同情，又何尝不是对松子抱有怨恨之情?

然而，对宗广的死，松子不想给自己做任何辩白。甚至觉得当着他弟弟幸二的面，说几句哀悼的话都显得可笑。

那一天，松子话很少，便同幸二作别。

即便在去京都的车上，松子依然话不多。只要不提宗广，两人之间便好像有什么隔膜似的。松子没什么话要说，总是等着幸二开口。事到如今，为什么总也摆脱不掉宗广呢?

“去年的这个时候，姐姐回神户她娘家，我替哥哥接她回来，又约她去光悦会。等回到东京，哥哥很不高兴，以为我跟嫂子一起逛京都。因为姐姐存心要跟哥哥分手，所以迟迟不肯回去。”幸二说道。

关于卷子的事，松子什么也不想听。

“哥哥死之前，户籍也起出来了。通知她后，她来吊丧，哭个不停。”

松子依旧凝然不动。

“不过，没告诉她是自杀的。”

当晚到了京都，城里正下阵雨。

从车里看见四条的街面，家家店头挂着鸭川舞的红灯笼。

二

旅馆依旧是去年松子与父亲下榻的那家，房间也是原来的那一套。松子告诉了幸二，自己也很高兴。

因为只订了一套房间，在隔壁另铺了一个床。隔壁那间虽然也有六席大，两人仍旧相互推让。

“今晚你就权当跟令尊一道休息吧。”幸二说，“正是去年今夜，又在同一个房间里……”

“去年今夜是在卧铺上，明天早晨才到的。”

“那么，是明天晚上了？”

松子钻进被窝之后，半晌没熄掉枕旁的小灯，两眼盯着拉门。门上绘有山水楼阁，好似狩野派[1]的山水画。画面上的金粉已经黯淡，在薄明还暗的灯光下，发出凝重的光芒。

父亲就睡在拉门的这边，她尽力这样想，可心里却莫名地一味感到

1　室町末期画家狩野正信（1434—1530）开创的日本画派之一。

寂寞。门那边的幸二已经入睡了吗？

十二日那天还很温暖，十三日则骤然冷了下来。天空阴沉沉的，像要下阵雨。

两人乘车经过二条城附近的松树林阴路时，看见行人撑着伞，很小的市营电车也有些淋湿的样子。

“去年也下了阵雨呢。”

“回去时还用了你的车。”

“不过，我居然接连两年来光悦会，想想都有些奇怪。既不懂茶道，更不懂那些器具……”幸二说着，转身看着松子。

“我也跟你一样呀。父亲说，既然学了茶道，就算学了点皮毛，也该去光悦会见识一下，便带我来了。”

“可是，去年在意料不到的地方遇到你，真是很惊讶；今年，也没料到能与你同来呢。”

“可不是嘛。”松子点头道，“不过，也不见得就那么意外。要说意料不到，岂不所有的事全都意料不到么……”

从去年今日在光悦会上遇到幸二起，直到今年与幸二同来光悦会，这一年里，父亲去世，母亲与绀野分手回到松子家里，宗广与卷子离婚后又自杀而死，真是变故迭起。没有太大变化的，似乎只有松子和幸二两人了。

在光悦会下车时，松子从司机那儿借了把粗劣的油纸伞。

僧房门旁的白山茶花，今年依旧竞相开放。同去年一样，从正殿到僧房，经过廊下，来到院内。

三巴亭与太虚庵两处似乎都很挤，连帐篷下的坐榻也铺上红毡子，坐满了等席位的人。所以，松子他们便先去参谒光悦墓。

“这墓倒很朴素。”幸二有些意外地说。

青竹花筒里插的菊花，也很朴素。红叶下面的墓碑，已被阵雨打湿。

“离茶室这么近，去年竟没发现。”松子从墓道两侧的红叶间望着茶会会场说，“去年就是在那儿碰上的。”

“是呀。你们从后面的东京茶会过来……今年先从骑牛庵开始吧？”

骑牛庵依然由东京分会负责主持，松子他们先入了正席，壁龛里是国宝即休契了禅师的墨迹，羽根田产的托盘上摆了一只极品古铜花瓶，内插本阿弥的红花蕾一枝。水釜是古“芦屋釜”，有光信绘的马形花纹；茶叶罐也是极品，是由中国输入的宗悟茄形罐。据同坐的人说，款识为“峰红叶”的鼠志野茶碗最为名贵，松子正用心鉴赏。

客人休息的本阿弥庵内，壁龛里挂着国宝佐竹版三十六歌仙清原元辅的绘像，书院里则摆着光琳[1]的佐野渡产文房四宝盒。

因为时过中午，便在用餐处休息。供应的是“瓢亭”老店制的半月形盒饭和酒，幸二只喝了一口。用餐处拥挤不堪，交谈之声不绝于耳。松子他们没有熟人，便坐在角落里的坐榻上。去年，松子的父亲曾经惊讶地说：

“咦？变成秃山了！”望了半晌圆坨坨的两座小山。

接着他们去了金泽分会主持的德友庵。在休息室里看到雪舟画的鹡鸰，松子不禁一凛。画幅虽小，却给人以清凉之感。

1 即尾形光琳(1658—1716)，江户中期画家、工艺美术家。师从狩野派画家山本素轩，同时私淑光悦与宗达。其成就臻于日本近世装饰美术的极致。代表作有《燕子花图屏风》《红白梅图屏风》等，均列为日本的“国宝”。

“去年在玄琢的茶会上，有过雪舟的画吧？画中央高高屹立着两棵松树的那幅……”松子说，“父亲要我用心去看那幅山水画，所以忘不了。那是雪舟八十以后的画，一位叫了庵的和尚写题跋时也已八十三岁。同八十年、九十年那漫长的一生相比，松子你那年轻的春梦是太短暂了。父亲当时说过这话……”

“光悦也活到八十了吧？离八十岁，我们还有五十多年呢。”

茶室里，在远州收藏的青铜经筒中，插着叫白玉的腊月茶花和含苞待放的寒菊。茶碗是有名的青井户碗“宝珠庵”。茶叶罐为中国来的名品木纹“肩冲”，茶杓则为光悦的“共筒”。

大阪分会主持的太虚庵茶会上，可以看到壁龛里挂的寸松庵色纸，上面贴着古土佐的红叶扇面，壁龛旁边墙上则挂着远州的竹花筒，款识题为“深山木”，插的是白玉茶花，配以深山古树的枝条。水釜为极品“残月釜”，以及光悦的黑乐茶碗“七里”。松子想起去年因意外碰到幸二，走进这个茶室的时候，心里一片空虚无着，竟连“升色纸”上写的和歌以及高丽伊罗保的茶碗都没顾上仔细看。今年，挨着幸二坐着，心里依旧纷乱不已。

但是，松子心里想，较之去年，这差别该有多大啊。去年，一认出是幸二，猛然间竟要躲在父亲身后；而今年，竟同幸二一起来到京都，双双出入所有的茶会。所不同者，还不止于此。去年的幸二，对松子来说，与其是他本人，他首先是宗广的弟弟。看见幸二车里的女人围巾和外套，松子凭直感知道是卷子的东西，所以身子竟至都有些儿发僵。父亲带她来光悦会茶会，松子知道，原因之一便是让她从爱情的痛苦中能够分分心。一年之后，甚至对宗广的死，她都没怎么伤心。幸二与其说是宗广的弟弟，他首先是他自己，就坐在松子的身旁。

最后一处茶会在三巴亭，由京都负责，但今年很难得，是表千家[1]的不审庵主持，只有这一处是淡茶。休息室里挂的是宗达绘的色纸，上有光悦题的和歌：

夕阳影斜映柴门

山边阵雨乱纷纷

落款为"庆长十一年[2]十一月十一日"。正合十一月十二、十三日光悦会的日期。今天就说不定在日影横斜时，山边阵雨会乱纷纷。道入七碗展示的是黑乐茶碗"闪电"，备用茶碗是高丽御所丸的"黑刷毛"。

入了正席，挂的是后鸟羽院[3]的熊野怀纸，园城寺的古铜花瓶里插着红白两色茶花，利休收藏的茶具架里摆着绘有牡丹的青瓷水罐，架子的对面，主客席的背后有一佛龛，供着光悦的木头雕像。像前的花瓶、香炉和烛台，均为当代掌门乐吉左卫门的新作。在席上，还看到了掌门人即中斋宗匠。所以，松子便静下心来，看着年轻人点茶。

"方才茶点得很帅吧？"松子走出院子时说。挺拔的松树干上，增添一片火样的红叶，热辣辣地照在眼里。

三巴亭的茶釜，在"望月"的箱盖背面，题有"东山义政公御款，望月、残月，作于天明"等字样，加上太虚庵的"残月"釜，这次共拿出了两件"残月"，这也成为今天茶会上的话题。

---

1 日本茶道流派之一，由千利休之孙宗旦的第三子宗左开创。

2 即1606年。

3 即后鸟羽天皇，1184—1198年间在位。敕令编纂了众人所知的《新古今和歌集》。

三

今年的光悦会拿出不少珍品名器，可是松子和幸二却没有鉴赏的眼光，不能像别人那样在归途中纵谈每件作品的印象，以及各茶室内器具的搭配之美。

“这一天和我平时真有天壤之别。”幸二说，“这种事一年有一次倒也不错。明年再来好吗？”

松子颔首同意说：

“不过，一年之中，人的变故实在是太大了……我曾这样想过。”

“不论如何变，有那么一天不变，不是很好吗？”

回到旅馆，松子感到疲倦，没心思去下着阵雨的街上闲逛。她想同幸二说说话。可是他们有什么好说的呢？

当晚，早早上床休息。松子魇住了，给自己的呻吟声惊醒。

有个东西压了过来，像是一个男人，她挣扎着，却挣不开身子。

心里咚咚猛跳。摸摸额头，汗涔涔的。松子打开枕边的小灯。

幸二当然不会在那里，什么人也没有。

恐惧过去，松子感到有些害羞。汗水弄湿了枕头，她把枕头翻了一个个儿。

“醒了吗？”幸二隔着拉门问，“你魇得好厉害，想过去叫醒你来着……”

“已经好了。没什么事。”

“是做梦吗？”

“不是。”松子否认，“我说了些什么？”

“没有，听不清楚……”

“是我把你吵醒的吧？”

“好像是。”

“真抱歉。”

“没什么。能睡着吗？”

“能。”

“睡不着，起来说会儿话也行。”

“不用，睡得着。”松子说完，翻了个身，看了一眼拉门上剥落的金粉发出的黯淡的光，然后熄掉了灯。

（一九五二 —— 一九五三年）